CADERNO DE OSSOS

JULIA CODO

Caderno de ossos

Copyright © 2025 by Julia Codo

Grafia atualizada segundo o Acordo Ortográfico da Língua Portuguesa de 1990, que entrou em vigor no Brasil em 2009.

Capa
Bloco Gráfico

Imagem de capa
Verde Bandeira, de Marcius Galan, 2022. Pintura esmalte sobre madeira e alfinetes de mapa, 110 × 80 cm. Reprodução de Edouard Fraipont.

Preparação
Márcia Copola

Revisão
Huendel Viana
Aminah Haman

Os personagens e as situações desta obra são reais apenas no universo da ficção; não se referem a pessoas e fatos concretos, e não emitem opinião sobre eles.

Dados Internacionais de Catalogação na Publicação (CIP)
(Câmara Brasileira do Livro, SP, Brasil)

Codo, Julia
　　Caderno de ossos / Julia Codo. — 1ª ed. — São Paulo : Companhia das Letras, 2025.

　　ISBN 978-85-359-3997-2

　　1. Romance brasileiro I. Título.

24-239850　　　　　　　　　　　　　　　　CDD-B869.3

Índice para catálogo sistemático:
1. Romances : Literatura brasileira B869.3
Cibele Maria Dias – Bibliotecária – CRB-8/9427

Todos os direitos desta edição reservados à
EDITORA SCHWARCZ S.A.
Rua Bandeira Paulista, 702, cj. 32
04532-002 — São Paulo — SP
Telefone: (11) 3707-3500
www.companhiadasletras.com.br
www.blogdacompanhia.com.br
facebook.com/companhiadasletras
instagram.com/companhiadasletras
x.com/cialetras

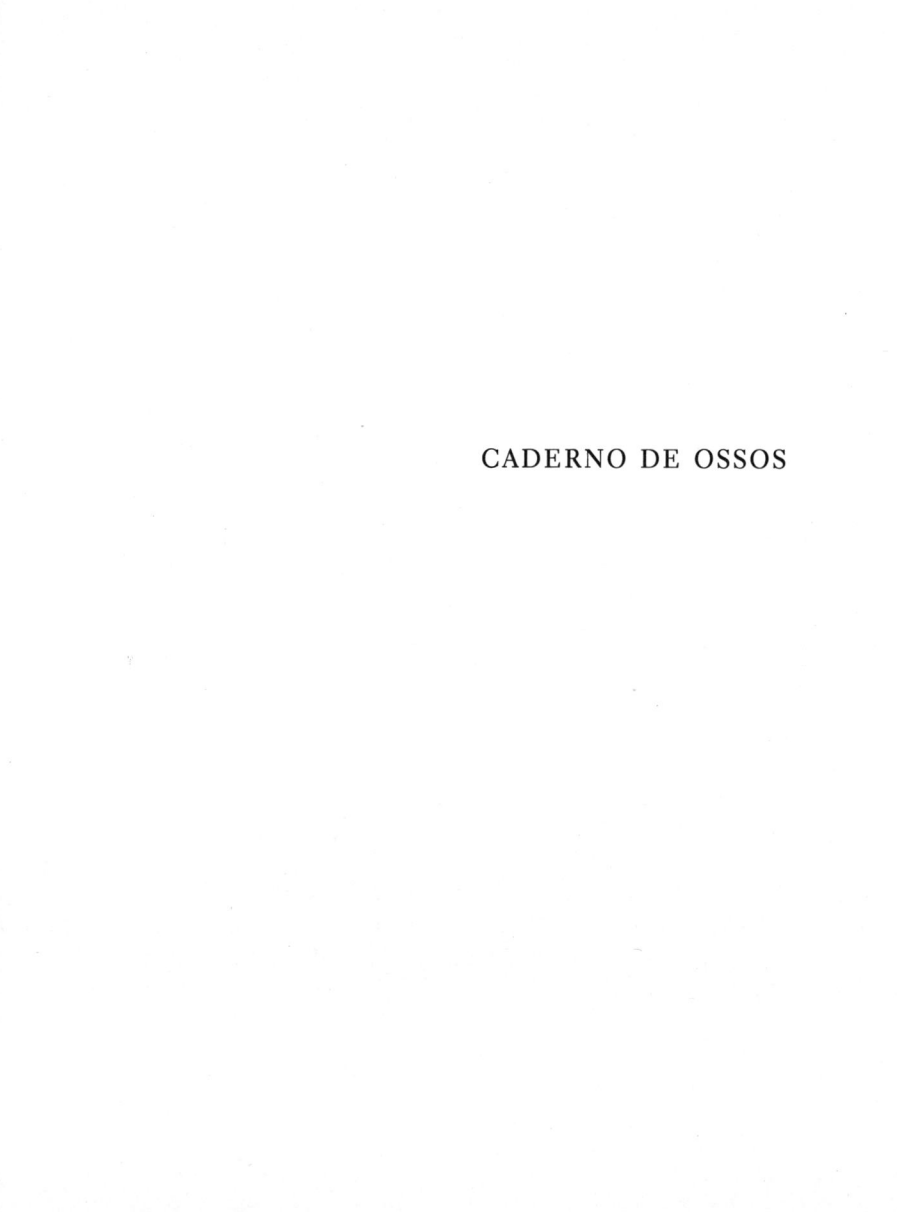

CADERNO DE OSSOS

1. Arqueologia precária

Eu sonhei que a Eva estava com frio. Abri os olhos e vi o teto manchado, o lustre pendente e a parede rosa, então me virei para o lado da janela e me dei conta de que estava na casa da Mooca, e não no apartamentinho de Greenwich.

Depois vi as cortinas. Eram de muito mau gosto, mas me davam alguma tranquilidade, a paz disfarçada que sempre encontrei na casa dos meus avós. Fechei os olhos e tentei me lembrar do sonho, mas só vi a Eva com uma blusa muito fina apertando os braços. Ela vestia uma espécie de cardigã cinza, insuficiente para a escuridão e o vento noturno.

Talvez eu ainda me lembre de sentir o arrepio dos pelos. Li na revista velha que encontrei no cesto de revistas velhas da sala: os animais têm a capacidade de eriçar os pelos nos dias frios para evitar a perda de calor. O corpo deles cria uma camada de ar morno próximo à pele, o que garante a manutenção da temperatura. Nos humanos isso também acontece, mas com eficiência limitada, por causa da menor quantidade de pelos. Eu era a Eva no sonho?

* * *

Não sei muito bem como contar esta história. Na mesa de cabeceira descansam três cadernos que foram seus. Talvez seja isso, são eles que importunam meus sonhos.

Também não sei um bocado de outras coisas. Sei apenas que escrevo depois de alguns desabamentos, rompimentos de barragens, incêndios, desmatamentos, tempestades de verão, alagamentos, congestionamentos, desastres eleitorais. Nasci no Brasil nos anos 1980, não vi as duas grandes guerras, o Holocausto, nem a Guerra Fria. Não vi os tanques circulando nas ruas, os generais de óculos escuros. As coisas estavam melhorando, diziam. E nem temos terremotos por aqui. Vi a virada do século, a chegada do celular, da internet, o primeiro disco do Radiohead. Esse tipo de coisa. Todos os filmes do Indiana Jones. Penso em algumas imagens: o presidente Collor andando de jet ski, um anúncio publicitário com uma criança saltando num Pogobol, o tênis do Michael J. Fox em *De volta para o futuro*, a Madonna vestida de espanhola no clipe de "La isla bonita", qualquer cena com o Falkor de A *história sem fim* pixelada numa televisão de tubo.

Não sei se falo do passado, do presente ou do futuro. Sei que eu e os meus amigos nascemos do que sobrou do século. E depois nos distraímos por aí.

O que eu sei é que a história começa porque voltei, ao Brasil e a essa casa estranha. Colchas de cetim, gavetas emperradas, elefantes dourados, flores de plástico, crucifixos. Não é que desgostasse desse lugar, mas pensar em nunca ter deixado a casa era como ter dor de cabeça no fim da tarde de domingo. Ter certeza, não se sabe como, de que o tempo está passando muito depressa e ao mesmo tempo devagar. Era só a casa dos meus avós, não foi dali que parti. Mas deve ter sido dali que fugi.

    Custei a me habituar a despertar nessa cama, me assustava ao abrir os olhos. Depois tinha memórias vívidas dos sonhos. Odiava sonhar, por exemplo, que estava alimentando pombas em Veneza ou usando uma pá para tirar a neve dos trilhos de uma ferrovia em Istambul, e então abrir os olhos e por vários segundos não saber onde estava, o que era igual a não saber quem era. Quando isso acontecia, era como se eu nunca tivesse estado em lugar algum além do quarto. Havia apenas o lustre e a cortina feia, passos no corredor, um ruído na cozinha.

    O sonho com o braço gelado da Eva não foi ruim o bastante para justificar o que aconteceu imediatamente depois: levantei da cama um pouco atordoada, dei três passos e tropecei no vazio, como se tivesse desaprendido a andar. Fiquei um tempo sentada no chão sem entender, esfreguei o joelho dolorido e pensei que ao menos ninguém tinha visto aquela cena ridícula. Fui ao banheiro, joguei água no rosto, me olhei no espelho, reconheci minhas olheiras, meu rosto comum, a pinta bem acima da sobrancelha direita. Escovei os dentes, dei alguns passos, avancei até a cozinha; estava tudo bem, eu ainda sabia caminhar.

    Esse é só mais um exemplo de como as coisas vinham se manifestando.

    Meu avô estava sentado à mesa e mastigava um pedaço de pão. Ele me olhou com os olhinhos miúdos. Eu sorri. Ele sorriu com os dentes sujos de miolo de pão. A estampa do azulejo formava uma coroa sobre sua cabeça. Quando meu avô sorria, ficava com os olhos quase fechados, inexistentes como o olho direito da Eva, o olho que ela perdeu quando era pequena.

Eu disse bom dia, Nani, porque era assim que nós o chamávamos. Ele preferia "vovô", dizia "vovô", pedia que repetíssemos "vovô", mas sempre dizíamos "Nani". Um dia ele desistiu. Minha mãe e tia Irene também sempre o chamaram assim, talvez por copiarem minha avó que passava o dia gritando "Nani" pelos corredores.

O Nani me olhou como se houvesse um vazio detrás dos seus olhos, como se me procurasse lá dentro. Pensou um pouco e se virou para a cuidadora do turno: Lucila, serve o café pra mocinha. Lucila era o nome da minha avó. A cuidadora se chamava Tamíris, acho, ou Tamara. Disse a ela que eu mesma me servia.

Meu avô nunca gostou de falar sobre o passado. Na verdade, nunca gostou de responder a perguntas de qualquer tipo, era ele quem as fazia. A irritação aumentava se as perguntas se referissem à Eva. Agora nem que quisesse poderia respondê-las. Um dia até os homens mais fortes e enérgicos perdem musculatura e massa óssea. E em alguns deles se reduzem certas capacidades, como coordenação motora, equilíbrio e reflexos. No caso do Nani, um dia houve um tapete, uma queda, a fratura de ossos antigos, uma internação, uma cirurgia. E então ele despertou da sedação com a memória transformada em vapor. Se antes havia umas poucas confusões e esquecimentos, depois disso a demência se fez cada dia mais presente. Minha mãe se mudou de volta para a casa e passou a ser mãe de seu pai. Eu também estava de volta e às vezes me sentia uma espiã, que observava tudo sem ter sido convidada.

A casa também me parecia demente, com seus espaços que perderam cor e tenacidade, os objetos esquecidos ou exercendo funções estranhas: uma cadeira sem assento usada para segurar uma porta, um fogão quebrado usado como mesa de apoio na lavanderia, a cortina desbotada da sala que caiu e terminou dobrada para sempre em cima de uma poltrona, onde ninguém mais podia se sentar. O que a casa tinha a me dizer sobre o passado também não era claro. Ainda assim, esses pedaços soltos de memória infestavam meus pensamentos como formiguinhas fortíssimas e impertinentes caminhando em fila indiana.

O país não é que estivesse muito melhor em 2019. Por exemplo, a quantidade de ministros que pareciam ter saído de um manicômio judiciário. Por exemplo, as nossas lamentações apáticas e repetitivas sobre a situação geral. Por exemplo, um mendigo vesgo e bêbado, vestindo um macacão de arlequim encardido, que se pôs na minha frente e me disse que o futuro seria muito mais silencioso, que no futuro todo ruído deixaria de existir. Fiquei um tempo pensando se aquela era uma previsão otimista ou pessimista.

1989 — A televisão está ligada, mas não há nenhum adulto na sala. Vou até o corredor e escuto vozes baixas num dos quartos, uma palavra: o nome Eva. A porta está entreaberta. Levo minha mão direita até a superfície e penso em empurrá-la, mas me detenho, sei que acham que sou muito pequena, que vão parar de falar quando me virem. Encosto a lateral do rosto na porta, com cuidado para que não me vejam ou escutem, a orelha esquerda sentindo a superfície gelada, outras poucas palavras reconhecíveis, depois silêncio, depois algo parecido com passos, depois alguém empurrando a porta antes que eu possa puxar minha mão esquerda, apoiada bem no meio da dobradiça. Depois um estalo, três dedos prensados, uma dor grossa e latejante, sangue, duas unhas quebradas, lágrimas, o rosto culpado dos adultos. A vida seguiu com curativos brancos, uma Barbie nova, as unhas crescendo, muitas recomendações sobre não escutar atrás da porta e nunca deixar os dedos entre as dobradiças.

Chamam de sítio arqueológico um local onde foram encontrados vestígios de ocupação humana. Era assim que eu via esse lugar. A casa ainda estava ocupada por seres humanos — um deles sendo eu —, mas era como se tudo ali pertencesse a outro tempo e a outras pessoas. Seres que já não estavam ou, se ainda estavam, existiam em estado espectral. A memória da casa também tinha formato de ruína, cada pedaço era muito pouco, só um resto de material demolido. De qualquer modo, a ruína é uma coisa insistente. Como quando alguém quer se livrar de uma latinha de cerveja e a atira no mar, mas no dia seguinte há tempestade e ressaca, e as ondas agitadas trazem toda a sujeira de volta.

Passei minhas primeiras semanas de volta abrindo portas, caixas e gavetas. As da cômoda da sala estavam cheias de coisas sem importância, uma cartela de dipirona fora do prazo de validade, um Guia de Ruas de 1999, um cartão de Natal enviado por uma empresa de dedetização, um papel onde se anotou apenas um número de telefone. É estranho procurar sem saber o que se procura.

O pó dos armários me fazia espirrar constantemente, mas também sentir agonia pelo que estava por vir. Se algum dia o futuro até tinha me conquistado com seu ar misterioso de sedutor barato, nessa época me parecia um duendezinho negativo e desanimado. Talvez fosse só o espírito dos tempos.

Então pensei num arqueólogo do futuro, o vi pisando nos

escombros da casa, se agachando para apanhar um objeto, uma alça de xícara, o que sobrou de uma escova de dentes ou de um fone de ouvido. Esse arqueólogo do futuro passou a me importunar com sua atenção displicente. Quis que ele se detivesse em algum canto, que descobrisse a Eva num detalhe, que me descobrisse, nós duas já igualmente transparentes. Quis que entendesse coisas sobre mim, coisas que nem mesmo eu entendo.

A cômoda da sala sempre esteve coberta de porta-retratos. Um deles mostrava uma fotografia com as pontas amassadas, a imagem era menos nítida do que eu lembrava. Seria possível ter desbotado tanto nos últimos anos? A família reunida no alto de uma montanha, provavelmente nos anos 1960, as três meninas já adolescentes. Dava para ver que o vento estava forte: a franja da minha avó desarrumada, a camisa do Nani descolada do corpo, preenchida de ar. Minha mãe e a tia Irene seguravam o cabelo com uma das mãos, mas a Eva, não, a Eva tinha o rosto todo coberto pelo cabelo escuro. Ela era muito mais alta e mais magra que as outras duas. Estava ao lado do meu avô, mas havia certa distância entre os dois.

Não me lembro que idade tinha quando reparei pela primeira vez na fotografia. Talvez tenha perguntado quem era aquela mulher que eu via ao lado da minha família. Também não me lembro se ao responder minha mãe usou um verbo no passado ou no presente, se a resposta foi "Era a Eva, minha irmã, ela morreu" ou "É a Eva, minha irmã, ninguém sabe onde ela está".

2. As coisas não funcionam mesmo

Você pisca e já é 2019. Quem volta ao Brasil em 2019?

Foram nove anos na Inglaterra. O Bruno conseguiu uma bolsa para fazer mestrado e achou que era melhor nos casarmos. Foi assim mesmo que ele me pediu em casamento, abriu uma gaveta na cozinha e ficou alguns segundos revirando os talheres até encontrar uma colher pequena, então disse que seria mais fácil se a gente se casasse. Depois mexeu a xícara de café.

Chegamos a Londres um pouco assustados, agradecíamos e nos desculpávamos o tempo todo, pisávamos quase que sem pisar, mas aos poucos fomos nos misturando ao céu encoberto ou quase encoberto. Meu marido terminou o mestrado, começou o doutorado e passou a trabalhar num escritório de arquitetura. Quanto a mim, acho que nunca tive uma profissão. Terminei a faculdade e comecei a dar aulas de inglês. Não que eu gostasse do que fazia ou soubesse o que queria fazer, mas ao menos eu tinha um salário.

Ninguém precisaria aprender inglês com uma brasileira na Inglaterra, então passei a me ocupar de atividades como buscar turistas em aeroportos para uma agência de viagens, organizar arquivos numa agência literária especializada em livros esotéricos, preparar a correspondência de uma entidade de defesa dos animais, vender sapatos, dar aulas de português para um homem de meia-idade que estava aprendendo a dançar forró. Depois tudo foi perdendo sentido, e eu me transformei numa espécie de esposa, não dessas que cozinham, cuidam dos filhos e esperam o marido, mas das que arrumam a cama toda manhã e fazem faxina uma vez por mês. Além disso, eu frequentava a Tate Modern, passeava no Hyde Park e deitava na grama, fazia ioga grátis na praça, me espalhava no chão do apartamento e esticava as pernas olhando para o teto, tomava remédios para dormir, postava fotos no Instagram, tentava escrever um diário, não sabia sobre o que escrever.

Meus amigos diziam: por que você não faz uma pós-graduação? Minha mãe dizia: eu não gastei tanto dinheiro com escola privada e livro sobre feminismo para ter uma filha dona de casa. Meu marido dizia: por que você não tenta fazer um curso de meditação?

O voo que me trouxe de volta atrasou duas horas. Dormi pouco no avião. Passei boa parte da viagem conversando com o homem sentado à minha esquerda, uma dessas pessoas que não se sabe se são simpáticas ou impertinentes. Vestia uma camiseta estampada com a imagem de um coqueiro, onde se lia "Porto Seguro-Bahia-Brasil". Tinha sido a sua primeira viagem à Europa: Roma, Veneza, Paris e Londres. Perguntou quanto tempo eu estava longe do Brasil e se eu não sentia falta de churrasco. É o melhor lugar do mundo, disse. Tem muita roubalheira, mas é o melhor lugar do mundo. Eu olhei para a janelinha ao meu lado e não vi nada além de um quadrado preto. Os comissários de bordo avançavam pelo corredor e escutamos todas as mesinhas dobráveis se abrirem. A aeromoça nos serviu lasanha e uma taça de vinho, disse "saúde" e sorriu com aparelho transparente nos dentes. O vizinho de assento estendeu o copo e disse "tim-tim".

A aeromoça retirou as bandejas, o homem deu um sorriso como quem quisesse continuar a interagir. Fechei os olhos para fingir que dormia e adormeci de verdade. Sonhei que não encontrava o portão de embarque e que meus dentes caíam.

Pousamos em Guarulhos. Minha mãe me esperava no desembarque. Nos abraçamos de modo desajeitado, meu rosto esbarrando nos seus óculos, ela precisando ajeitá-los com a mão. Ela perguntou se fiz boa viagem, como sempre pergunta. Respondi que sim, mas não muito mais que isso, e evitei olhar na direção do seu rosto, acho que por receio de que notasse que eu a via envelhecida. Sorrimos um pouco acanhadas.

Fizemos o trajeto de táxi pela Marginal Tietê. Vi um tobogã debaixo de uma barreira de concreto pichada, uma bandeira do Brasil, o rio preto, a Churrascaria Gauchão. Minha mãe sempre me pareceu dirigir com elegância, mas agora se mostrava mais cansada. A mão esquerda segurando um cigarro, o braço apoiado na janela. Fumaça de cigarro e fumaça de caminhão. Ela me olhou por mais tempo.

Você sabe, eu já te falei, o seu avô, talvez ele não te reconheça.

Sim, eu sei, você já me falou.

Era muito cedo, meus olhos estavam secos. Me perguntei o que poderia significar sonhar com dentes caindo, pensei em pegar o celular e procurar no livrodosonho.com, um dos meus vícios inúteis, mas lembrei que não tinha um chip brasileiro. A rádio tocava música pop, mas logo passou a transmitir notícias. Eu sabia que ela começaria a se irritar, então desliguei o aparelho. Esfreguei os olhos, alonguei meu pescoço.

Abrimos o bagageiro do carro e arrastamos a mala até a entrada da casa. As rodinhas estavam desgastadas, quase não rodavam, se moviam com esforço arranhando o chão. Por que você não comprou logo uma mala nova?, disse a minha mãe. Na Europa essas coisas são mais baratas. A mala está boa, eu disse, o problema são as rodas, que se desgastam rápido, ressecam. Ela limpou as mãos nas coxas e me olhou meio que sem olhar, torcendo o rosto para um lado, como faz quando está pensando: então levamos no Constantino, ele troca o rolamento.

A figura de um homenzinho calvo com sobrancelhas muito grossas se alojou no meu pensamento e foi como se um estranho tivesse ocupado o meu quarto, deitado na cama. Aos poucos a memória foi se reconstituindo. O Nani adorava o Constantino, dono da Sapataria Cativante. Um homem muito decente, muito direito, dizia (e essas eram duas palavras que usava com frequência). Passei anos sem saber o significado da palavra "cativante", achava que fosse o sobrenome do Constantino.

A verdade é que a sala não parecia ter mudado muito, mas senti uma certa estranheza ao vê-la. Talvez a casa e eu sofrêssemos de anacronismo, como se eu não devesse mais estar ali, não naquele momento: tudo igual, mas com menos cor, como se uma bacia de água sanitária tivesse sido jogada no ambiente, o que tornava tudo muito pouco cativante.

Mas, sim, eu me lembrava de uma samambaia em cima da cristaleira. Acho que o que me causou estranheza foi a ausência das plantas. Antes elas estavam por todo lado, graças à minha avó. Quase ainda era possível vê-la ali, de avental, andando de um cômodo para outro. Uma tesoura de poda na mão, a cozinha cheirando a carne de porco. Me lembro particularmente de uma planta que dava flores vermelhas: para mim eram corações. Girei o corpo em volta de mim mesma e a sala então me pareceu uma freira sem roupa.

É aquele matagal dela, meu avô praguejava quando a casa se infestava de mosquitos. Às vezes ele se referia à sala como "lá na Amazônia", como se houvesse uma fronteira dividindo os ambientes. Minha mãe, que tinha prazer em implicar com qualquer coisa que pertencesse àquele lugar e àqueles pais, dizia que a sala cheirava a defunto. Eu achava que tinha cheiro de flor mesmo, ou de açúcar.

1988 ou 1989 — Estou sozinha e ninguém me vê, então aproveito para brincar com as flores vermelhas. Aperto uma delas com as mãos para sentir bem o cheiro — não cheira a nada —, então ela se desloca da haste e sai na minha mão. Minha mãe gritaria comigo se soubesse que eu mutilei a planta. O Nani não se importava, eu sei. A flor me atrai não sei por quê. Olho mais uma vez e a enfio rápido na boca, mastigo, engulo. Sinto os pedaços ardendo na garganta e depois no estômago. Tenho medo, corro até a cozinha, bebo uns três copos d'água. Passo um tempo deitada com as mãos na barriga. Olho para o teto com os olhos bem abertos, não digo nada a ninguém. Mais tarde vou ao banheiro e vejo a merda vermelha ir embora com a descarga.

Seu avô está no quarto, você não quer dizer oi?, disse minha mãe.

Quero, respondi. E me arrastei cansada como se entrasse numa caverna.

Ele estava de pé, os cabelos sem o brilho da brilhantina, como eu nunca tinha visto. Eu disse "oi, Nani" e o abracei. Ele me abraçou de volta, mas com pouca força e me olhou como se procurasse alguém. Parado em frente à janela, seu corpo estava perfeitamente dividido entre luz e sombra. O rosto foi o que mais me chamou a atenção, como se expressasse sentimentos opostos: o lado com luz, incompreensão; o lado sem luz, convicção.

Por que ele está sem sapatos?, perguntei. A cuidadora chegou com mocassins nas mãos, modelo que ele nunca escolheria. A barra da calça estava dobrada e dava para ver as varizes subindo pelos calcanhares.

Eu estava cansada, só queria tomar um banho e dormir. Minha mãe perguntou se eu me importava de ficar no quarto rosa. Os quartos eram suítes decoradas com praticamente uma única cor. Aquele onde meus avós dormiam tinha papel de parede, cortinas e objetos bege. O quarto em que eu e as minhas primas normalmente dormíamos era todo azul. Havia ainda o verde e o rosa. Os azulejos e móveis do banheiro seguiam a mesma lógica cromática. Eu sabia que o quarto rosa tinha sido da Eva, mas não me importei.

Perguntei a senha do wi-fi e logo a pergunta me pareceu fora de lugar, a casa para mim só fazia sentido na era pré-internet, acho que o Nani nunca teve e-mail. Me surpreendi quando minha mãe apontou para um post-it fixado na porta do guarda-roupa.

Sentei na cama e peguei meu celular. Abri o WhatsApp e o Instagram. Acessei o livrodosonho.com:

Significado de sonhar com dente
   É considerado sinal de mau agouro, sobretudo se os dentes possuírem alguma enfermidade.

Pode representar alegria dentro do lar se os dentes forem brancos e bem cuidados.

Olhei em volta procurando alguma marca de fantasma — uma fenda de muita sombra ou muita luz, um ruído seguido de silêncio, qualquer detalhe que revelasse que algo grande estava prestes a acontecer —, mas só vi coisas velhas.

Liguei para o meu marido e disse que estava tudo bem. Tudo estranho, mas tudo bem. Contei das rodinhas emperradas da mala, do trabalho que me deram no aeroporto. Eu podia ter falado das varizes do Nani e do seu olhar sem destino, mas queria desligar logo. Ele perguntou se eu achava que o país estava diferente e qual era o estado de ânimo de modo geral. Respondi que ainda não sabia dizer e pensei, mas também não disse a ele, que voltar a uma casa do passado é sempre apavorante.

O banheiro da suíte tem o tamanho de um dormitório e me pareceu o fundo de uma piscina rosa, com mofo entre os azulejos e nas beiradas do espelho.

Foi difícil abrir e fechar o boxe, a porta não corria bem. A torneira do chuveiro também deu trabalho para abrir. Fechei os olhos e esperei pela fluidez da água, mas vieram poucas gotas. Como pode uma casa tão grande e com tantos quartos e banheiros ter um chuveiro com tão poucos pingos? Lavei os cabelos com irritação, devo ter demorado uns vinte minutos para tirar o condicionador. Tive vontade de chorar, mas me acalmei e fechei a torneira.

E quando fui sair, a porta do boxe simplesmente não abria. Puxei mais uma vez, e nada. Uma terceira vez. Mais enguiçada que a rodinha da mala. Não sei o que fiz para merecer tanto emperramento. Na quarta, joguei o corpo todo para trás e escorreguei no piso molhado, uma pancada bem no meio do glúteo direito. Me sentei e apertei os olhos até a dor abrandar, respirei fundo, chorei só algumas lágrimas. Vi o trilho, o vidro e o piso com manchas negras e velhas de ferrugem. Encostei a testa no joelho, contei até dez, depois até vinte, pensei que devia cantar algo para me acalmar, não sei por que me veio à mente "Detalhes", do Roberto Carlos. Pensei em gritar por socorro, mas senti vergonha. O banheiro fica dentro do quarto, não vão me escutar. Tentei mais uma vez, não é possível, eu não sou assim tão frágil. Agora nem posso alcançar a toalha. O que é que eu vim fazer aqui? Estou com frio. Por que é que não colocam logo um vidro nessa janela? Lá fora estão usando uma britadeira. Não entendo como ainda não inventaram alguma coisa para substituir a britadeira (o que os arqueólogos do futuro vão pensar de nós se encontrarem uma britadeira em estado fóssil?). Posso pedir ajuda aos operários. Vão me ver pelada. Em quem eles votaram nas últimas eleições? E a musiquinha do caminhão de gás, eu me lembro. Por que ainda existe caminhão de gás? Um grito de criança. Uma sombra em movimento. Me viro e olho em volta, a sombra desapareceu. É provável que tenha sido produzida pelo meu próprio braço. Na rua, outras vozes infantis, estão brincando, a menina deve estar bem. Como é que ninguém vem perguntar se eu estou bem? O Nani não deixaria isso acontecer comigo se estivesse consciente. Depois se queixam de que venho pouco ao Brasil. Vou tomar outro banho. Quando é o próximo voo para Londres? Quanto tempo uma pessoa pode sobreviver presa num boxe sem comida? Um último puxão, toda a violência do mundo.

    A porta correu só um pouco e eu consegui passar pelo vão. Saí do banheiro o mais rápido que pude e dei de cara com a minha mãe. Nos assustamos.

Por que você não veio antes? Eu fiquei presa, a porta do boxe emperrou, você não faz ideia de quanto tempo, você não percebeu que eu estava demorando?

Eu achei que você estava tomando banho.

Eu tomei três banhos. Podia ter morrido ali dentro, batido a cabeça.

Ela me olhou como se eu fosse criança e ajeitou um botão da blusa:

Como é que eu ia saber, a porta do quarto estava fechada, você poderia estar descansando. Aqui as coisas não funcionam mesmo. Vou pedir para alguém ver esse boxe. Vem comer.

3. Prólogo

Eva nasceu em 1951, um ano comum, em algum lugar da cidade de São Paulo, possivelmente na Zona Norte. Era um bebê normal, órgãos perfeitos, todos os dedos, dois olhos. A mãe — que talvez se chamasse Maria — era muito jovem e tinha se envolvido com um homem casado. Trabalhava numa fábrica de tecidos e durante o dia deixava a menina com a avó. Um dia Maria não voltou; uns dizem que fugiu com um marinheiro espanhol, outros que foi parar num bordel em Santos.

Eva chegou sem documento, aos seis anos, trazida pela avó. Carregava uma sacola de pano com uma troca de roupa, tinha o olho direito vendado com esparadrapo. A velha ocupou a sala. Falava alto e mexia muito as mãos. Contou da vida difícil, descreveu com detalhes a casa onde vivia, olhou para a neta: o nome dela é Eva, disse, e o pai agora que se ocupasse da filha. O pai em questão já tinha duas meninas, uma de cinco e outra de três. Se ao menos fosse um menino, disse. Os dois se pareciam, tinham o mesmo nariz alongado com a ponta projetada para baixo.

Eva tinha acabado de perder um dos olhos, por causa de uma

catarata precoce não tratada. A avó a colocou sentada no sofá com a sacola no colo, limpou a própria testa com um pano sujo, olhou a neta uma última vez, fez um movimento estranho com o rosto e saiu pela porta sem ver mais nada. Eva pôs o dedão na boca e ficou em silêncio, olhando para a parede. A menina mais nova também pôs o dedão na boca e apontou para Eva com a outra mão. A menina mais velha olhou para a mãe, que fitava o marido com ódio e perplexidade.

Eva ficou calada. A esposa do pai se chamava Lucila e também ficou alguns dias sem falar com o marido. Ela já sabia da existência de uma amante, mas não de uma filha. Quando anoiteceu, Lucila se trancou no quarto sem dizer boa-noite. O pai então pensou que seria melhor dar um banho em Eva, que vestia roupas encardidas.

Ele nunca tinha lavado uma menina, era a esposa quem se ocupava da higiene das filhas. Encheu a banheira e pôs a criança lá dentro. Eva ficou imóvel, um joelho preto com uma casca vermelha, a água até o tornozelo. Encarou o pai com o olho esquerdo e a boca fechada. Por um momento, ele sentiu medo dela, pensou que tinha um olhar muito sério para alguém de tão pouca idade. Um olhar de um olho só. Não quis imaginar o que havia debaixo daquele esparadrapo. Apanhou a esponja dura que Lucila usava para polir o chão, pensou que era assim que se limpava criança. Passou a esponja no sabão e esfregou com força, mas com cuidado para não molhar o curativo do olho.

Três dias depois, Lucila voltou a falar com o marido, afinal, os homens são assim mesmo. Ao menos foi com ela que ele se casou. Varreu a cozinha e mandou o marido ir ao centro comprar um olho novo para Eva, um olho de vidro.

4. Uma aparição

Passei a tomar banho sem fechar a porta do boxe, depois tratava de lidar com a inundação, pegava o rodo e puxava a água até o ralo. Enquanto me enxaguava, ficava na ponta dos pés para espiar pela janelinha. Um pedaço enquadrado de cidade, os ruídos lá fora, às vezes alguma voz. A porta do banheiro também ficava entreaberta, era melhor evitar ser esquecida naquelas profundezas.

Durante o dia, minha mãe ficava no consultório, telefonava algumas vezes para verificar se estava tudo sob controle. Ela falava rápido demais, de um jeito agitado mas ao mesmo tempo ausente, a voz mais grave que o normal. Ficávamos, eu e alguma cuidadora, falando sobre a previsão do tempo e a novela das nove, encarando a expressão demente do Nani, procurando decifrar seu cérebro estragado.

Uma vez ele estava sentado à mesa e levantou um pouco o braço, apontou para um dos ângulos da cozinha e mandou tirarmos aquilo dali. Não víamos nada e perguntamos o quê, nomeamos coisas: fruteira, banana, azulejo, armário? Ele mexia a cabeça em sinal de negação. Tentávamos de novo: fruteira, banana, azulejo, armário. O Nani ficou muito irritado. Para nos repreender, fechou os olhos com força, encerrando qualquer contato. Permaneceu assim por algum tempo, a respiração raivosa, as duas mãos na barriga.

Tentei me estabelecer. Experimentei posições na cama, um travesseiro alto e um baixo. O quarto com a luz apagada era escuro demais e apagava qualquer existência, o quarto com a luz do abajur era claro demais e amanhecia os olhos. O colchão tinha acabado de ser trocado e era duro. O assento do sofá da sala era flácido. Eu me sentava em frente à TV, primeiro com os pés apoiados no chão, então me sentia desconfortável, mudava de posição, esticava os pés sobre a mesinha de centro, cruzava as pernas.

A casa tinha uma planta excêntrica, mal planejada ou simplesmente não planejada. A entrada pela sala pequena e escura, ocupada por enfeites e porta-retratos, onde ninguém ficava por muito tempo, a cozinha grande e comprida, que dava acesso a um lavabo e à suíte principal, que foi acoplada à casa numa reforma. O porão coberto de pó, corredores compridos onde eu escutava roncos e ecos, via a sombra dos meus avós quando eles passavam sem fazer barulho.

O Nani comprou o imóvel de um comerciante português em 1966. Comprar e vender casas era algo que meu avô sabia fazer. Chegou do interior sem sapatos, as solas do pé pretas, com feridas. Trabalhava com os pais numa fazenda, dessas cheias de italianos analfabetos. Na cidade, foi carregador e vendedor ambulante. Sempre teve talento para guardar dinheiro. Pegou um empréstimo com um bicheiro, pagou muito pouco numa casa caindo aos pedaços, trabalhou nos fins de semana para reformá-la, revendeu a propriedade pelo dobro do preço. Pagou o bicheiro, comprou outra casa, repetiu o processo. Depois seguiu comprando casas antigas, mas passou a demoli-las e vender o terreno para construtoras. A cidade se verticalizou, meu avô comprou muitas casas velhas e muitos sapatos. Depois comprou máquinas e fundou uma demolidora. Terminava de destruir as ruínas, entregava as sepulturas.

Na garagem da casa agora havia um buraco. O piso cedeu e deu lugar a uma cratera de uns três metros de profundidade. Segundo a minha mãe, isso tinha acontecido cerca de dois anos antes, quando o Nani ainda dirigia e estava manobrando o carro. Uma fissura se abriu e engoliu uma das rodas. Eles precisaram chamar os bombeiros, o guincho e mais tarde um engenheiro. O homem disse que o piso devia ter cedido por estar localizado em cima de uma antiga fossa; era comum as casas dessa época não terem rede de esgoto. O buraco foi circundado por uma cerca improvisada com cavaletes e um pedaço de fita fosforescente, e seguiu ali. O Nani passou a estacionar uns metros adiante. Até que um dia tiraram o carro dele porque sua cabeça estava cada vez pior.

Foi a primeira coisa que vi quando cheguei do aeroporto. Minha mãe me contou com displicência a história do buraco, como se falasse de um pequeno hematoma no braço ou de um furúnculo na coxa.

Como é possível que ninguém tenha mandado fechar isso ainda?, eu disse, o Nani pode cair lá dentro.

Seu avô já não se locomove sem ajuda, ela respondeu.

Vim de um lugar arruinado. Isso era o que eu pensava quando olhava para a almofada rasgada, as imagens de santos, quando ia até a salinha sem luz e olhava para a foto da família, a poeira cobrindo o porta-retratos, a Eva com o cabelo cobrindo o rosto, como se houvesse algo a ser escondido naquele rosto.

A ideia era ficar pouco tempo, um mês. Por isso o desconforto não fazia sentido, aquela casa, aquela vida, já não me pertenciam. Mas quando chegava o fim da tarde e eu entrava na cozinha, via as costas do Nani curvadas, o corpo dele mais magro e uma mecha de cabelo branco espetada, sentia um arrepio ruim. A janela da cozinha dava para alguma construção demolida, um espaço vazio. Não sei se o Nani podia vê-la.

Também comecei a pensar mais em mim, na minha falta de propósito e de salário. Na minha falta de vontade de voltar a Londres. Se eu dissesse essas coisas à minha mãe, ela diria que eu estava deprimida, me receitaria fluoxetina, sertralina ou escitalopram.

Dois dias depois da minha chegada, telefonei ao meu pai avisando que já estava em terras brasileiras. Ele perguntou quando eu iria a Boiçucanga. Fazia cinco anos que vivia ali com a argentina loira que conheceu na internet. Tinham aberto uma pequena pousada cheia de goteiras que eu visitara apenas uma vez.

Como estão as coisas por aí?, ele perguntou.

Está tudo mais velho, eu disse, um pouco destruído.

Sei. Esse é meio que o destino de tudo, não é, envelhecer?

Acho que sim... Às vezes essa casa me dá um pouco de medo. Enfim, acho que daqui a pouco eu me acostumo.

Você gostava daí. Não queria ir embora. Vivia colada no seu avô.

Eu sei. Eu me lembro, não paro de me lembrar.

Meu pai ficou poucos segundos em silêncio. Deu para ouvir o barulho da nossa respiração. Logo voltou a falar com o tom otimista de sempre. Perguntou como estavam minha mãe e meu avô. Disse que me faria bem passar uns dias no litoral com ele. Respondi que sim, que iria, assim que me ambientasse melhor.

Eu gostava mesmo daquela casa. Ali passei muitos fins de semana da infância, no quintal, no porão, ou em alguma outra zona austera desprovida de brinquedos, enquanto meus pais se enfiavam em reuniões políticas e se alimentavam de maçãs e de biscoitos de polvilho.

Os banhos eram dados com um sabonete enorme e quadrado, de um rosa muito forte. Minha mãe achava o perfume enjoativo, mas eu gostava porque era doce. O condicionador era quase amarelo, e eu podia usar quanto quisesse, passar condicionador na raiz do cabelo, passar condicionador na unha do pé, passar condicionador no umbigo, beber condicionador.

Minha tia Irene vivia muito perto e na maior parte das vezes eu tinha a companhia das minhas primas. Meu avô se divertia com a nossa presença, embora nunca tivesse escondido que desejava um neto homem. Queria um filho e teve três filhas, queria um neto e teve três netas.

Outro dia, entrei na cozinha e vi minha mãe descascando uma laranja, que entregou nas mãos do Nani. Ele sugou a fruta com voracidade e uma rapidez que já não era sua. Pedaços de gomos e sumo escorreram pelo queixo e pescoço e nós duas corremos para limpá-lo com papel-toalha. Minha mãe lavou as mãos e a boca do meu avô e o levou para assistir televisão na sala. Quando voltou, eu estava sentada à mesa olhando para o nada, pensando em algo sem importância.

Percebi que ela me observava e baixei o olhar em sua direção. Então ela repetiu uma coisa que dizia quando eu era criança: que às vezes achava minhas feições idênticas às da Eva, que nós duas tínhamos um olhar desconfiado. Dessa vez disse que parecíamos um bicho.

Que bicho?, perguntei, como se ainda fosse criança, esperando que se tratasse de um cavalo, um pássaro ou um peixe, e não de inseto, minhoca ou anfíbio.

Nenhum bicho específico, bicho no sentido de que você nunca sabe o que um animal está pensando.

1992 — Temos medo de abrir o guarda-roupa do quarto rosa e encontrá-la ali, a cara encardida e um olho arrancado, nua da cintura para cima. Entramos sorrateiras e fechamos a porta, é melhor que não nos vejam nesse cômodo proibido. Não gostamos de vê-la, mas precisamos vê-la, encará-la por alguns segundos, sentir o coração dando murros e correr para longe. A criatura mede quase um metro e tem uma cabeleira loira desgrenhada. Eu e a Elisa apostamos que a Laura não consegue tocar nela, e não vale só tocar, dizemos, é preciso manter a mão na cabeça por ao menos cinco segundos. Ela fecha os olhos e vai em direção à monstra, retira muito rápido a mão uma vez, mas depois fica. Contamos até cinco. Em seguida decidimos que é preciso batizar a boneca. A Elisa sugere "Eva", já que ela pertenceu à Eva e também lhe falta um olho, eu digo que uma boneca nunca tem o mesmo nome que a dona e escolho "Stephany", mas as duas acham bonito demais para alguém tão feia. A Laura propõe "Cassandra". Não sabemos de onde ela tirou esse nome, mas achamos ok. Concordamos e fechamos Cassandra de volta no guarda-roupa.

Decidi procurar a boneca. Achava que ela ainda poderia estar em algum canto da casa, mesmo tantos anos depois. Abri todas as portas do guarda-roupa do quarto rosa, procurei também nos outros cômodos. Quase não havia espaço para se mexer no quarto azul tomado por coisas grandes: duas televisões antigas, uma esteira elétrica, um andador, mas não encontrei nada nos armários. Desci as escadas do porão e me encurvei sob o teto baixo para revirar as estantes e caixas dos meus avós. Vi estatuetas de porcelana com formas diversas, uma caneca em forma de rosto de gato, várias canecas da Festa do Peão de Barretos, conjuntos de copos com relevo e de minigarfos para petisco, um esqueleto de bicicleta sem rodas, uma caixa com enfeites de árvore de Natal e todos os demais objetos desprezados por seu estado envelhecido, defeituoso ou por terem sido comprados por impulso. A poeira entranhada já fazia parte deles. Não encontrei nenhuma pista da Cassandra.

Quando subia as escadas, pensei ter visto um vulto e me virei, mas não havia nada. Tossi — minhas narinas e minha garganta estavam cheias de pó —, ouvi o eco da minha tosse. Olhei as paredes sem pintura e os objetos repousando em silêncio sob uma lâmpada discreta e, como uma louca, disse: Cassandra? Parei para escutar a repetição da minha voz e senti vergonha de ter chamado pela boneca. Subi os degraus que restavam, apaguei a luz. Eu não acredito em fantasma, mas, se acreditasse, esse fantasma seria a Eva.

Foram muitos dias assim. Sentada na cama do quarto rosa, olhava para a parede e sentia tédio, depois sentia agonia. Não entendia como o tédio podia se misturar à agonia, um sentimento tão mais urgente.

Certa vez me sentei ao lado do Nani na sala e segurei sua mão. A pele muito fina de bebê, uma membrana delicada como se ainda não fosse pele, como se fosse uma camada anterior à pele que estava por nascer. Fiquei alisando as veias saltadas. Fazia exatamente esse movimento quando era criança, imaginava os vasinhos como os afluentes de um rio. Ele me olhou e deu um sorriso. No dia seguinte, porém, fiz o mesmo gesto, e ele me encarou com indiferença, como se eu fosse uma estrangeira que não devia estar ali.

Tive medo de envelhecer, de lembrar em excesso ou nunca mais lembrar. Pensei na memória como um mecanismo danificado, nas cenas esquartejadas na minha lembrança, os pedaços faltando, como os ossos da Eva, jogados num saco plástico azul. A história que não se completava, que não permitia que eu entendesse o que era preciso entender.

1992 — Abrimos de novo o armário e agora queremos sequestrar a boneca, usá-la para assustar as crianças do bairro. É uma operação difícil, já que nenhuma das três quer tocar nela. A ideia da Laura é roubar dois sacos de lixo da cozinha e cortá-los com uma tesoura, para então podermos envolvê-la evitando o contato, sobretudo com o cabelo loiro sujo. Fazemos cara de nojo. A boneca é tão grande que, quando tentamos puxá-la, esbarramos numa das prateleiras do armário, uma caixa de sapatos velha cai no chão e se esfacela. Ali dentro, três cadernos também velhos, as capas iguais, um amarelo desbotado. Abro um deles numa página qualquer e leio uma frase. Parece o trecho de uma história, a história de uma mulher, e a mulher está fugindo. Não entendo por quê.

* * *

Numa das minhas incursões pelos quartos, quase trombei com a minha mãe. Era fim de tarde, o sol já tinha se posto, e eu ainda não tinha acendido a luz. Ela se assustou, perguntou o que eu estava fazendo no escuro e disse que não era a primeira vez que me via vagando pela casa, abrindo e fechando as portas dos armários.

Lembra de uma boneca grande e velha que ficava num desses armários, uma boneca que tinha sido da Eva?, perguntei.

Acho que sim.

Sabe onde pode estar?

Eu não. Sua avó deve ter jogado fora, por quê?

Não sei, me lembrei dela esses dias.

Minha mãe ficou quieta e caminhou até o interruptor para acender a luz. Depois se sentou na cama, falou qualquer bobagem e perguntou se o meu marido estava bem.

Antes do jantar, pensei no nome Cassandra, lembrei de uma personagem mitológica com esse nome. Pesquisei na internet sobre o mito, a mulher que recebeu o dom de prever o futuro mas também a maldição de que todas as suas profecias fossem consideradas mentirosas. Voltei a ruminar sobre o futuro, sobre o meu casamento, o Brasil, a crise climática, o fim do mundo e até sobre o meu catastrofismo.

Lembrei do olho esburacado da boneca e me perguntei se a Eva o teria arrancado para que as duas ficassem parecidas. Senti calafrios. Abri e fechei os olhos com mais lentidão que de hábito. Então na minha mente uma ideia estalou como uma articulação ressecada há muito tempo sem uso: não era a boneca da Eva que eu deveria estar buscando, e sim os cadernos.

Refiz o caminho pelos armários dos quartos e pelo porão, quando me dei conta de que não tinha procurado no armário do Nani, nas suas coisas. Entrei no quarto dele. As cortinas e a colcha de um bege mais escuro, a poltrona e o papel de parede de um bege mais claro. Não entendia como era possível o tempo passar tão rápido e os espaços continuarem onde sempre estiveram. Senti o cheiro gorduroso e doce do seu corpo, que ali se fazia mais presente, confinado entre as paredes. O crucifixo pendurado acima da cabeceira da cama, a Bíblia apoiada no porta-Bíblia de bronze sobre a cômoda, as fotos das netas e das filhas mais novas. Nenhuma foto da Eva.

Na prateleira de cima do guarda-roupa, caixas e mais caixas. Abri algumas. Bingo. Naquela que estava mais no fundo, atrás de todas as demais, encontrei um saquinho com uma prótese ocular e uma foto em preto e branco: uma menina vestida com uniforme escolar e sentada a uma mesa, a mão segurando um lápis. No fundo, um pedaço da bandeira do Brasil. A menina tinha uma expressão séria, cabelos negros divididos ao meio, olheiras, um dos olhos mais fundo que o outro. Aproximei a imagem dos meus olhos, buscando o seu rosto. Quando baixei um pouco o olhar, vi os três cadernos, ainda mais carcomidos.

5. Tipos de cavidade

A primeira coisa que vi foi o desenho do menino com a cabeça grande. O crânio era muito desproporcional ao resto do corpo, quase tomado por uma testa espaçosa, e pendia para o lado direito, arrastando o tronco para a mesma direção. Ombros largos e as pernas finas e curtas. Olhinhos mongóis azuis, maçãs do rosto salientes e pintadas de rosa, nariz achatado e sem perspectiva, cabelos espetados. Apesar de feio e arqueado, o menino sorria.

Passei a tarde tateando o olho falso da Eva e folheando os cadernos. Encontrei ali muitos desenhos estranhos como o do menino com a cabeça grande, mas também outros mais comuns, além de anotações de vários tipos — lista de compras e de coisas a fazer, sonhos, fichamentos de leituras, estudos sobre astrologia — e, o que mais me atraiu: inícios ou pedaços desmembrados de histórias.

Eu ainda me lembrava da história da mulher que foge e demorei a encontrá-la no meio das páginas do primeiro caderno. Ao contrário das demais, que pareciam embriões de narrativas, a história continuava, mesmo partida por outros textos e imagens — sempre interrompida. Ela também voltava a aparecer no segundo e no terceiro caderno, insistente e cambaleante, muitas vezes em queda, desrespeitando as linhas das folhas pautadas. Como a cabeça do menino.

Meu marido quis falar por vídeo. Contou do passeio de bicicleta e falou do Henry, o velho do andar de baixo que agora passava boa parte do dia sentado nas escadas. Naquela semana ele tinha perguntado duas vezes de mim. Henry e eu conversávamos nos corredores. Ele conhecia todos os brasileiros que jogam na Premier League. Falava demais e às vezes me cansava, então eu dizia que precisava preparar o jantar ou terminar alguma outra tarefa e entrava no apartamento.

Já decidiu quando volta? Se ele tem uma cuidadora, não sei se há tanta necessidade de você ficar aí, ele disse.

Acho que no fundo sabia que eu não tinha vindo só por causa do Nani. Contei da descoberta dos cadernos da Eva. Nesse momento, ele se agachou e eu deixei de ver seu rosto. Voltou a aparecer com um lápis na mão, resgatado embaixo da escrivaninha. Nem sequer perguntou o que estava escrito nos cadernos, logo mudou de assunto. Senti um pouco de raiva, mas não disse nada, só pensei que seus olhos pareciam os de uma capivara com sono.

Eu falei do que havia de novo na avenida Paulista, do pôr do sol avermelhado, que é bonito mas é poluição, daquele cheiro de asfalto quente com chuva. Perguntei se ele se lembrava, e ele fez o mesmo movimento de sempre com a cabeça, depois sorriu com a boca torta, o que na verdade quer dizer que não está sorrindo.

Eu sabia o que ele pensava, que já não lhe interessavam muitas coisas neste país. A conexão começou a falhar e vi sua imagem congelada na tela, agora com os olhos fechados. Então o programa se fechou sozinho e eu fiquei encarando a área de trabalho azul.

É um pouco invasivo ler textos escritos à mão por alguém que já morreu. Conhecer sua caligrafia imperfeita, aquilo que pode ser apenas um rascunho, uma versão inacabada, completamente nua. Tocar o mesmo local que a pessoa tocou como quem toca uma membrana fina, uma pele cheia de manchas que nenhum estranho deveria ver.

Desci as escadas e fui até a garagem. Fiquei olhando o buraco que se abriu no chão, ainda inconformada com a sua fundura preta, com a capacidade de uma família — ou o que sobrou dela — de se habituar a coisas absurdas, com a capacidade humana de naturalizar a desgraça, com a instabilidade do solo debaixo de nós.

Também senti vergonha ao imaginar um arqueólogo do futuro se intrometendo na vida da casa, encontrando o buraco da garagem, imaginando o que teria levado aquela família a conviver tanto tempo com ele.

Mas havia também outro buraco. Me esforcei para lembrar e, sempre que eu me lembro, era verão. Minhas memórias infantis de inverno praticamente inexistem. O dia da descoberta da vala. Acho que jogávamos futebol numa rua sem saída. A Elisa com os olhos fechados chutando a bola para a frente com o bico do pé. Ou perdendo a paciência e chutando a canela de um menino, pegando a bola com a mão. O menino saltava, gemia, às vezes rolava no asfalto, e a partida acabava. Uma vez o Ricardinho chorou.

Uma imagem nítida: aqueles paralelepípedos, uns mais altos que os outros, a bola escapando para a rua, eu correndo para apanhá-la. As casas com fachadas de azulejo bege e marrom, janelas de alumínio e grades por todo lado, de formatos variados, um amontoado de fios elétricos escorrendo dos postes. A bola coberta de poeira preta, minhas mãos cobertas de poeira preta, e então um borrão, que depois percebo ser um carro. Não chegou a ser um atropelamento, mas sei que caí de joelhos. As outras crianças me rodearam, me olharam em silêncio. A voz da Laura: você não vai chorar? Não chorei. O sangue escorreu pelos joelhos e chegou até as meias.

Depois me lembro de entrar na casa dos meus avós com as pernas bem esticadas, minhas primas querendo me segurar pelos braços. Eu gostava de me machucar, sentia orgulho da dor, da atenção que recebia dos adultos. Minha mãe limpava a ferida, fazia um curativo. Eu dizia a ela que também seria médica quando crescesse e só por alguns minutos ficávamos amigas.

Dessa vez ninguém reparou no sangue, nos joelhos esburacados. Minha mãe e minha tia Irene estavam na sala, o que nos surpreendeu. Era dia de semana e elas deveriam estar trabalhando. Vi de relance meu avô com os braços cruzados e a testa franzida, eu já conhecia essa posição. Eles nos viram e pararam de falar. Minha avó nos levou até a cozinha e fechou a porta.

Mas eu tinha ouvido a palavra "ossos". Pensei em dinossauros, em restos de peru um dia depois do Natal, na radiografia dos dedos quebrados do meu pai. Perguntei por que minha mãe e a tia Irene estavam lá. A Elisa perguntou se a casa tinha sido assaltada, a Laura perguntou se o Nani ia morrer. Minha avó disse que não, nada disso, e demorou a notar que minhas pernas estavam manchadas de sangue.

* * *

1990 — Eu sentada na pia cor-de-rosa, a torneira aberta. A água bate dura nas duas feridas em forma de mapa. Agora sim quero chorar. Não choro. Minha avó fecha a torneira e vai procurar o frasco de Merthiolate. Fico sozinha sentindo a porcelana fria na pele. Parece muito alto para descer sozinha. Olho no espelho e vejo um risco vermelho na testa, por um segundo me assusto. Esfrego a mancha com a mão, não tem nada ali, devo só ter esbarrado no sangue e tocado no rosto. Penso de novo na palavra "ossos", e então finalmente entendo sem entender: estavam falando da Eva.

No dia 4 de setembro de 1990, foi oficialmente descoberta uma vala clandestina num cemitério chamado Dom Bosco, no bairro de Perus. Era um buraco estreito, com menos de três metros de profundidade, localizado ao pé de um barranco e ao lado de uma cruz.

Nessa data, alguns funcionários funerários vestidos de azul e munidos de pás e picaretas cavaram a terra na presença da prefeita Luiza Erundina, do diretor do Serviço Funerário municipal e de repórteres da imprensa nacional e internacional, e de lá retiraram sacos plásticos também azuis, secos e deteriorados pela passagem do tempo e pelo contato com a terra úmida. Nos sacos havia ossos humanos. Outros ossos estavam soltos pela vala e cobertos de terra. Um dos coveiros instalados no fosso agarrou um crânio e ergueu na direção dos fotógrafos o que um dia tinha sido a cabeça de alguém.

Foram recolhidos mais de mil sacos plásticos azuis sem etiqueta de identificação. Em teoria, cada saco continha os restos de uma pessoa, mas as primeiras análises mostraram que em alguns deles havia mistura de indivíduos. Ossos perdidos que oficialmente não existiam: nenhum registro da presença da vala naquele descampado localizado bem atrás do prédio da administração do cemitério. Tampouco se sabia ao certo a quem pertenceram aqueles restos humanos, ainda que houvesse muitas suspeitas.

Eu já sabia que o assunto Eva provocava reações vulcânicas, que meu avô normalmente falava em esquecer, que minha mãe falava em não esquecer, que a tia Irene concordava com a minha mãe, mas de modo mais contido, e que minha avó não opinava, só gritava para pararem de gritar e às vezes fechava os olhos, segurava o pingente em forma de cruz e rezava baixinho com os lábios finos caídos. Agora repetiam muitas vezes a palavra "ossos".
Meu avô dizendo: pra que desenterrar essa tragédia tanto tempo depois?
Minha mãe dizendo: mas é sua filha!
Entrei na sala com os joelhos embrulhados. O pescoço do Nani estava vermelho, e minha mãe tinha os olhos de uma louca.
Ela me puxou pelo braço, bateu a porta da casa com força e me arrastou até o banco traseiro do carro, não falou sobre os joelhos, na verdade não abriu a boca para dizer nada. Fiquei brincando de descolar os esparadrapos em volta dos dois quadrados brancos que cobriam as feridas. Ou isso é o que eu lembro.

Eu não entendia, ainda não entendo, como os cadernos seguiam existindo. As folhas amarelecidas, as pontas desfeitas, as letras apagadas — a capa do segundo caderno também quase solta —, apesar disso, estava tudo lá, sobrevivendo.
Fiquei me perguntando quem os teria guardado. Não pare-

cia o tipo de coisa que o Nani ou minha avó se preocupariam em fazer. Talvez minha mãe ou a tia Irene. Mas era estranho que os cadernos estivessem no armário do meu avô, junto à foto e ao olho postiço. Era possível que ele tivesse algum dia se arrependido de odiá-la, que tivesse se cansado do próprio ódio?

Entrei na sala onde ele estava sentado em frente à televisão, o olhar ausente, como se mirasse uma paisagem sem movimento. Me sentei ao seu lado no sofá, bem na parte com o couro mais desgastado e cheio de rugas, a espuma afundada. O afundamento me fez pensar que estava sentada num lugar que pertencia a outra pessoa.

Mostrei a ele primeiro os cadernos e depois a foto que encontrei em seu armário. O Nani encarou a imagem e não pensou muito, disse apenas: Eva.

Onde ela está?, perguntei, me sentindo logo em seguida um pouco cruel.

Ele me olhou em silêncio, não sei se confuso ou descontente. Pude ver melhor dentro dos seus olhos pequenos, os vasinhos em volta da íris, a sobrancelha desordenada, o brilho da pele, alguns pelos do nariz.

Você se lembra? Do que aconteceu com ela?

Ele se virou para a cuidadora e disse:

Quem é essa mulher?

Primeiro achei que ele se referia à Eva, mas logo me dei conta de que a mulher era eu.

É sua neta, seu Ernani. Ela veio da Europa pra ver o senhor.

Em abril de 2019 foi revelada pela primeira vez a imagem de um buraco negro, outro evento histórico. Os cientistas vinham estudando esses abismos cósmicos pelo menos desde o século XVIII, mas nunca tinham conseguido visualizá-los. Existiam apenas ilustrações e simulações. O buraco cuja imagem foi captada por oito telescópios fica no centro da galáxia M87, a cinco milhões de anos-luz da Terra. A foto mostra um anel de luz em volta de um ponto escuro. Essa luz é gerada pelo atrito das partículas de coisas que foram sugadas por ele. Como um buraco negro legítimo, seu campo gravitacional é tão forte que engole tudo que se aproxima. Na imagem, ele me pareceu um olho flamejante fora de foco.

De alguma forma eu também fui sugada pela força gravitacional da casa, talvez pelo buraco da garagem. Voltei pela doença do Nani, para ajudar minha mãe por um tempo, ao menos foi isso que disse ao meu marido. Mas voltei porque precisava ser aspirada de volta para o buraco que também era meu. E para me distanciar de algo invisível que vivia conosco naquele apartamento tão pequeno de Londres.

Quando perguntei por que minha mãe estava ali, por que não tinha deixado que meu avô fosse assistido pelas cuidadoras contratadas, como fazem tantos filhos, ela só respondeu que se sentia melhor controlando tudo de perto. E havia a desculpa da reforma do apartamento, que foi se tornando infinita, paralisada mais de uma vez. Não me convenci. Sempre imaginei que minha mãe escaparia dessa função, ela e o Nani nunca se deram bem. Eu me lembro de uma segunda briga muito feia, dos berros e dos anos em que os dois ficaram sem se falar. Não entendia essa dedicação tardia ao pai, deixar a própria casa e se mudar para uma construção tão velha e tão longe do consultório, dos lugares que frequentava.

Entendo que ela era a única filha que tinha sobrado. Em 2009, minha tia Irene descobriu um câncer já muito avançado e foi enterrada cinco meses depois. O Nani então passou a ter duas filhas mortas, uma com túmulo e outra sem. Eu imagino que ele também gostaria de ver os restos da Eva no jazigo da família, mas sempre se afastou dessa busca, sempre se afastou da Eva, desde que começaram as discussões sobre política, as fissuras entre os dois. Não é mais minha filha, foi o que disse quando ela saiu de casa.

De tanto se esquecer da Eva, o Nani se esqueceu de tudo.

Talvez eu tenha voltado porque eu mesma começava a me esquecer.

Foi encarando o buraco da garagem que me lembrei da imagem do buraco negro, que tinha visto quando ainda vivia em Londres. Não que eles dois se pareçam, o buraco negro é mais bonito. Quis vê-lo de novo e peguei o celular.

A primeira coisa que me cativou foi o anel luminoso, é difícil ver uma coisa que brilha tanto e não se sentir atraído por ela. Mas depois me fixei no ponto escuro. Não sei como seria cair num buraco negro; é provável que a pessoa que se deparasse com ele tivesse o corpo espatifado pela força gravitacional. Mas não foi isso que me veio à mente quando fechei os olhos e visualizei o ponto escuro: pensei no silêncio e numa incompreensão profunda, um lugar sem passado, presente ou futuro.

1990 — Eu no banco de trás do carro. Ainda não entendo. Semáforos fechados, rádio tocando Caetano ou Gil. Vejo no espelho retrovisor que os olhos da minha mãe estão caídos, como querendo soltar uma lágrima. Sei que deveria dizer: que foi, mãe, ou algo assim. Não tenho coragem. Ela abre a porta do apartamento, descalça os sapatos e diz que precisa de um banho, se fecha no banheiro. Me sento ao lado da porta e olho para os meus joelhos, arranco de vez aqueles esparadrapos.

6. O processo de decomposição

Os esqueletos são horrendos porque ao mesmo tempo parecem e não parecem uma pessoa. O crânio, por exemplo, é um rosto pálido e indiferente. Mas o que mais impressiona são os buracos profundos no lugar dos olhos e do nariz, principalmente do nariz; a ausência desse órgão desconfigura demais a face humana.

Sempre tive medo da morte, mas naquela época era pior. Pensar na inexistência repentina da vida me fazia sentir vertigem, uma vertigem vaga. Não saber o que se sente quando não se sente nada, escorregar pelo vazio sem saber o que é o vazio. Nunca mais tocar os pés no chão.

Para piorar, a presença daquela vala.

Minha mãe dizia que não era hora de pensar naquilo, que a morte era a última coisa com que uma menina da minha idade deveria se preocupar. Meu pai concordava, não havia motivo para tamanha aflição: quando morremos, não existimos mais, e então não sentimos medo, nem dor, não sentimos nada. Meus avós davam explicações religiosas: a alma só muda de lugar, não desaparece.

Mas me atormentava justamente a ausência física. A alma sem o corpo já não era alguém que existiu, e sim outra coisa.

A abertura da Vala Comum de Perus foi um evento histórico, algo que se podia comemorar, dizia-se, a verdade vindo à tona, o passado apodrecido agora desenterrado e escancarado, livre da tranca subterrânea, mas é difícil comemorar a presença de um buraco cheio de morte.

Nunca deixo de me surpreender quando penso que um daqueles crânios ou fêmures pode ser o que sobrou da Eva. Não só por todo o horror, pelo que aqueles homens fizeram com ela, mas também pelo fato de alguém existir e de repente deixar de existir.

Eu estava com sete anos quando soube da existência da vala. Depois de muita insistência, me contaram: sim, descobriram um buraco, um buraco cheio de ossos, e, sim, alguns deles poderiam ter sido da Eva, embora ainda não se soubesse, e, sim, ela tinha sido morta, e, quando uma pessoa morre, seu corpo entra em processo de decomposição, o que quer dizer que a carne desaparece, sobra só o esqueleto.

Esse era o tipo de coisa que me angustiava, pensar que resta pouco de nós, uma matéria branca repleta de cálcio. Como pode o que não existe ser rijo e firme? Quando a pessoa morre ainda há algo de material, um corpo frio e pesado. Só que o tempo passa e sobram esses objetos duros, ou nada, às vezes nem mesmo os ossos. Os microrganismos invisíveis trabalhando em silêncio, a dissolução. Buracos sem sentido no lugar dos olhos e do nariz.

Se a ausência física do corpo comido por vermes já afligia, no caso da Eva a aflição era dupla, ela tinha sumido ao quadrado. Se realmente um dia havia deixado de ser uma mulher e passado a ser alguns pedaços desprovidos de cor, esses pedaços estavam perdidos. Talvez estivessem na vala que encontraram em Perus, mas quais daqueles ossos, se eram todos iguais?

    Desci de novo ao porão, dessa vez para resgatar uma escrivaninha pequena que tinha visto ali outro dia. O mau cheiro provocado pelo mofo me pareceu ainda mais forte. Um castiçal que parecia ter saído do cenário de um filme de época e uma miniluminária Led quebrada. Marcas de bolor nas paredes, bolhas de infiltração no teto. A umidade ainda iria destruir aquele lugar, eu precisava dizer à minha mãe, em breve mais um pedaço de solo ruiria sob os nossos pés e nós todos acabaríamos debaixo da terra, abandonados, como aqueles objetos.

    Tive nojo, mas limpei cada canto da escrivaninha com água sanitária, os microrganismos já tinham se apossado de boa parte do compensado. Depois a posicionei debaixo da janela do antigo quarto da Eva, onde passei horas fazendo buscas inúteis na internet. Se olhava em volta, sentia que estava numa casa de bonecas apodrecida, que sobreviveu a uma enchente: o papel de parede rosa, a cortina rosa, a cama rosa e o abajur rosa, tudo desbotado. Mesmo assim, já começava a deixar de sentir a casa anômala, de algum modo ela voltava a fazer parte de mim.

    Abri o caderno da Eva na página em que tinha enfiado a foto que encontrei no armário do Nani. Mais uma vez a menina séria em preto e branco, o uniforme escolar, a bandeira do Brasil. Os trechos da história da mulher surgiam de modo confuso, fora de ordem. No início do primeiro caderno ela está num ônibus que avança por uma estrada chuvosa; nas últimas páginas, ela olha para as costas do marido sentado no sofá e decide partir. No meio do segundo caderno, ela está suada num banheiro de rodoviária tentando se lavar com o pouco de água que pinga da torneira minúscula.

Essa mulher está sempre em movimento, pensei. Quis ser como ela.

O olho falso da Eva me encarava na mesinha de cabeceira e isso às vezes me intimidava, me fazia querer olhar para fora. Não que a vista fosse muito melhor: o cimento vazio do quintal e uma árvore esquálida na rua. Sentada nessa posição, também via o buraco da garagem.

Sonho — *02/08/2019* — Estou caminhando na terra, minhas sandálias estão sujas, meus pés estão sujos, os dedos ásperos, secos, marrons. Acho que procuro alguma coisa. Procuro alguma coisa? Uma pedra aparece na minha mão e sei que foi o Nani quem a pôs ali, a pedra de uma casa que ele derrubou. Encontro um buraco no solo. Talvez seja um poço. Nessa hora a pedra pisca e o Nani aparece sem aparecer, diz para eu não me aproximar, é perigoso. Não quero desobedecer, mas sei que preciso ver o que há lá. Talvez seja uma fossa. Chego um pouco mais perto e vejo uma cabeça loira. Não é a Eva, é a boneca Cassandra, como sempre macabra. O Nani diz: desperta. Desperto.

Comprei um caderno na papelaria do bairro, aquele que pareceu menos feio. A capa era florida, mas os outros eram piores: carros, personagens da Disney e pandas.

Os cadernos da Eva eram mais bonitos, ainda que sujos e velhos. Tinham muita informação condensada: além de todo o resto, os desenhos e pedaços de histórias. Quase nenhuma página em branco, uma letra perfeita. O meu caderno era raquítico, poucas memórias e sonhos, uma ou outra anotação idiota, quase tudo ainda por preencher. Minha letra é feia e eu nunca soube desenhar.

* * *

Consultei o livrodosonho.com mais uma vez.

Significado de sonhar com buraco
Se estiver caindo em um: sinal de que é preciso ter cautela na hora de tomar decisões.
Se estiver saindo de um: alcançará o sucesso que deseja.

Voltei a olhar para o anel laranja do buraco negro. Se a comunidade científica recebeu com entusiasmo a divulgação da sua primeira imagem real, o público geral a viu como uma decepção. Isso porque parece borrada e não se assemelha aos buracos negros retratados no cinema. Apesar da falta de nitidez, a fotografia foi captada em dois anos de trabalho por oito telescópios sincronizados e tinha mais de cinco milhões de gigabytes. Mesmo assim, muitos memes do tipo "expectativa × realidade" foram compartilhados nas redes sociais. Num deles, o buraco negro aparece como a brasa na ponta de um cigarro fumado pelo rapper Snoop Dogg. Em outro, é uma boca de fogão acesa vista pelo ator Tobey Maguire sem óculos. Há também um em que vemos o mapa do Brasil no centro negro do anel flamejante.

Minha mãe chegou do trabalho e estacionou uns metros à frente da cratera rodeada por cavaletes. Desceu do carro e parou um minuto diante dele. Acendeu um cigarro. Fui até ela e me encostei ao seu lado no capô. Ela se assustou, não tinha me visto. Depois deu um breve sorriso. Perguntei sobre o seu dia. Ela tirou os óculos e contou algo do consultório enquanto olhávamos na direção do buraco. Apontei para ele e disse: o nosso buraco negro. Ela sorriu de novo e repetiu: o nosso buraco negro.

Mostrei a ela a imagem real do buraco negro feita pelos telescópios dos cientistas.

Legal, ela disse, mas não dá pra entender muito bem.

Contei do que li nos cadernos da Eva. Ela disse que chegou a ver aqueles textos em algum momento. Já não se lembrava de muita coisa, só de que lhe pareceram bastante caóticos. Minha mãe também não sabia como os cadernos tinham ido parar no armário do Nani, mas me confirmou que aquela menina vestida com uniforme escolar era a Eva.

Eu queria perguntar mais, da Eva, do andamento do trabalho de reconhecimento das ossadas, mas notei que ela já estava incomodada: tinha se distanciado do carro e se mexia muito, ficava dando uns passinhos para um lado e para outro sem sair do lugar. As tragadas no cigarro também mais frequentes.

Passos nervosos, mãos trementes, olheiras muito pretas, marcas do cigarro entre os dedos. Tudo aquilo começou a me impacientar.

Você deveria tentar parar de fumar, eu disse, olhando fixo no fundo do buraco.

Já tentei algumas vezes, não é fácil. Um dia eu paro, agora não dá. Quando voltar pra casa, eu paro.

E você é médica, não fica nem bem.

Eu sou psiquiatra, não sou oncologista.

Então piorou.

Depois que cresci, passei a ter menos medo da morte. Em algum momento nos acostumamos a essa falta de sentido. Mas havia ainda a imagem da Eva com os cabelos cobrindo o rosto, as memórias que a casa trouxe de volta, sonhos com buracos e esqueletos, a Eva vivendo em pedaços em alguma caixa num lugar chamado Centro de Antropologia e Arqueologia Forense.

A história da Eva era uma história de aparição seguida de desaparição. Uma menina que surgiu não se sabe de onde, um membro estranho que foi acoplado a um organismo caótico e depois evaporou. Ela também foi aquela garota que rompeu com o pai, saiu de casa, não voltou mais. Para o Nani, pensar na Eva era lembrar uma filha perdida, que se envolveu com as pessoas erradas e teve um fim que não se podia evitar. Esse tipo de coisa é melhor esquecer. Para a minha mãe, pensar na Eva era lembrar uma busca frustrada, um luto esburacado, sem matéria, uma dor finíssima que nunca termina.

Dor fantasma é o nome que se dá a uma sensação dolorosa, descrita por pacientes mutilados, no membro que sofreu a amputação, como se ele ainda estivesse lá. O aspecto fantasmagórico não vem da dor em si, muito real, mas sim do local que dói. Chegou-se a pensar que a sensação fosse causada por um problema psicológico, mas hoje se sabe que ela ocorre porque o membro que deixou de existir permanece intato no mapa cerebral. É como se a pessoa perdesse a parte que se mexe, mas a central de comando continuasse a funcionar.

Os arqueólogos do futuro um dia poderão encontrar os nossos ossos num buraco, as nossas tumbas. Inclusive as valas comuns. Isso se não formos cremados e nos mesclarmos granulados à terra, ou acabarmos atirados ao mar e comidos pelos peixes. Alguma coisa os nossos ossos devem revelar. Onde estarão os ossos da Eva no futuro? Minha mãe e meu avô vão viver tempo suficiente para ver suas partes montadas em forma de corpo, ainda que sem carne, com um espaço próprio debaixo da terra para terminar de sumir do mundo?

O papel demora de três a seis meses para se decompor no ambiente, já um caderno conservado num armário, protegido do sol e da umidade, eu não sei. Pensei isso ao pegar uma maçã da fruteira, uma maçã que parecia perfeita, e descobrir que a outra parte dela estava podre. Uns pontos pretos e outros brancos formando uma figura de nuvem, semelhante às manchas que vi nas paredes do porão. Metade da fruta tinha sido tomada pelos microrganismos. A outra continuava a existir. Cortei com a faca a parte estragada e comi o resto.

De repente tive medo de que os cadernos da Eva desaparecessem, que se desfizessem de uma hora para outra nas minhas mãos, que fossem queimados por uma brasa de cigarro, comidos por seres microscópicos, que caíssem no vaso sanitário, que caíssem no buraco da garagem. Pensei que o melhor a fazer era escaneá-los, guardá-los em imagens no computador, e-mail, Dropbox e em três HDs externos, querendo não sei o quê, reparar o irreparável, protelar o fim. Procurei na internet a copiadora mais próxima.

Na rua da Mooca o que mais vi foram muros, de várias cores e quase sempre pichados. Vi ainda dois minimercados, cinco oficinas mecânicas e uma sapataria que também é um chaveiro. Carregava os cadernos num saco agarrado ao corpo feito uma velha. Mas tive que pegar o celular para verificar o endereço. Havia duas mensagens de WhatsApp não lidas. A primeira era do meu marido:

Qual era mesmo a senha da Netflix? Caiu tudo aqui e acho que não anotei.

A segunda, de um número desconhecido:

Olá, tudo bem? Gostaria de avisar vocês que agora no Ylana Espaço Estética e Cia. também temos bronzeamento artificial.

Antes que eu pudesse responder a primeira e ignorar a segunda, vi um vulto acinzentado se aproximando de forma brusca e, quando não entendia mais nada do mundo, um garoto de moto arrancou o celular da minha mão. Fiquei parada na mesma postura, os dedos congelados como se segurasse um tijolo invisível.

Eu já sabia o que me diriam, que não podia ser tão distraída, que estava no Brasil e que já deveria saber: aqui não se anda pelas ruas mexendo no celular. Apertei os cadernos com a outra mão. Eles ainda estavam ali.

7. A história da Eva — *1970 ou 1971*

Eva ainda sentia o caroço de ódio queimando a boca do estômago. Tinha vontade de partir, mas passou a tarde sentada no quarto. O cérebro e todo o aparelho digestivo a lembraram do almoço apimentado e gorduroso e do pai dizendo não de um jeito mais irritante e obstinado que de costume. Tentou ler um capítulo do livro sobre os pré-socráticos que precisava devolver à biblioteca no dia seguinte, mas não conseguiu se concentrar. Desceu para pegar um copo d'água.

Na sala, o pai agora sentado de costas, em silêncio, parecia ter se esquecido da briga. Assistia a um jogo de futebol. A narração duplicada: rádio e televisão ligados na mesma partida. Eva sentiu o cheiro distante das goiabas podres que tinham sobrado na fruteira da cozinha. Achou bom que o pai estivesse de costas, assim não precisaria virar o rosto para evitar que os seus olhos se cruzassem, mas a voz do narrador, dos dois narradores, e seu timbre histérico, e o cheiro das goiabas podres lhe causaram enjoo, fizeram com que o caroço voltasse a queimar na barriga. Talvez tivesse úlcera, pensou. Ou apendicite.

Foi até a cozinha e, não encontrando a madrasta, jogou as goiabas fora e lavou a fruteira. O cheiro permaneceu. De volta à sala, viu que o jogo fora interrompido por um pronunciamento do general. O pai continuava de costas, sem notar a sua presença. Coçou o peito por debaixo da camisa. O cômodo estava abarrotado de móveis e enfeites, e o general tinha sobrancelhas grossas demais e orelhas que pareciam derretidas. Lembrou da história que havia escutado nos corredores da faculdade, sobre o colega do último ano morto pela polícia na rua da Consolação. Viu uma mancha no vidro da janela que deixava embaçada a vista para a rua e um caminho que se formava nas três dobras da nuca oleosa do pai, e desejou de novo partir, sem entender se o desejo vinha do futebol duplicado, das goiabas podres, do pai ou do general. Voltou para o quarto.

8. Pequenos tremores

Há pessoas que preferem fechar os olhos nas cenas mais violentas ou nauseantes dos filmes e aquelas que, mesmo apavoradas, ficam com os olhos bem abertos, hipnotizadas pela própria repulsa. Os filmes de terror nunca me agradaram, mas se tenho que vê-los, escolho a segunda opção.

Também não gosto de entrar no mar e manter os olhos fechados debaixo d'água, mesmo que eu não consiga identificar muita coisa. Mesmo que exista a possibilidade de distinguir algum animal desconhecido e horrendo bem ao meu lado.

Meu marido gostava dos filmes de terror, dizia que todo aquele sangue jorrando mais divertia que assustava. Mas no dia 1º de janeiro, quando estávamos com um pouco de ressaca em razão da noite de Ano-Novo na casa de uns espanhóis em Finsbury Park, mesmo com a cabeça doendo e os olhos embaçados, procurei na internet vídeos da posse presidencial. Ele achou um absurdo. Disse que eu estava louca, que gostava de sofrer.

Eu vi uma massa de Dragões da Independência brancos e vermelhos montados a cavalo e agrupados como se esperassem para entrar em guerra. Mais à frente, uma fila de quatro carros liderados pelo Rolls-Royce conversível da Presidência. Na imagem, turva por causa da cefaleia e da conexão, ninguém se mexia muito, então parecia que eu estava vendo uma pintura.

O Bruno levantou do sofá muito rápido e fechou a tela do meu computador. Minha cabeça doeu ainda mais com o desaparecimento repentino da imagem. Ele disse que não tinha sentido ver aquilo, que não queria mais saber do Brasil e que era melhor que eu fizesse o mesmo. Eu fiquei olhando para a parede branca e talvez até concordasse com ele, mas uns meses depois comprei minha passagem de volta.

1992 — Os chinelos da minha avó batem no chão. Sabemos que ela vem pelo corredor. Fecho o caderno da Eva que estava nas minhas mãos e o coloco junto aos outros dois para devolvê-los ao armário o mais rápido possível. A Elisa faz o mesmo com a boneca Cassandra envolta em sacos plásticos. Fechamos a porta. Os passos se aproximam e vemos que o braço da boneca se soltou do corpo e agora está no chão, muito perto dos nossos pés. Ficamos um instante olhando o membro decepado, como se fosse um bicho morto ou um diamante. Segundos antes de a avó entrar no quarto, a Laura chuta o braço para debaixo da cama.

Às vezes eu e minhas primas assistíamos a filmes de terror. Tínhamos uma conta na locadora que o Nani pagava mês a mês sem fazer muitas perguntas e que acessávamos todo dia durante as férias escolares, quando eu praticamente me mudava para a casa dos meus avós. Não sei qual foi o primeiro, mas lembro de *A hora do pesadelo*, *Poltergeist — O fenômeno*, *Gremlins*, *Brinquedo assassino*. O pior de todos: *A mão*.

Não tínhamos permissão para ver esses filmes, então levávamos as fitas para a casa do Ricardinho, filho de um casal que meus avós conheciam da igreja. Ele passava as tardes com a irmã mais velha.

Não me lembro quando senti pela primeira vez o pequeno tremor interno, mas me lembro de senti-lo com intensidade naquelas tardes. Era uma vibração generalizada que envolvia diferentes partes do corpo e durava apenas instantes, mas costumava ser mais forte que um calafrio ou um formigamento. Nunca falei para ninguém sobre ele. Quando ameaçava surgir, eu só esperava que passasse por mim e se fosse. Se tivesse uma bala ou pirulito na boca, interrompia o movimento de sucção e sugava um pouco de ar, então olhava para um ponto fixo até se encerrar o abalo. Depois ainda sentia alguns resquícios dele no coração até que eu me distraísse com qualquer outra coisa.

Revi o filme A *mão* algumas vezes com o meu marido. Era um dos seus favoritos. Há uma passagem específica que me assusta até hoje. O homem que teve a mão decepada num acidente fala com outro homem no balcão de um bar. O outro homem diz: a gente nunca sabe, e o homem sem a mão pergunta: sabe o quê? Quem a gente é. O homem do balcão repete agora bem devagar: a gente nunca sabe quem a gente re-al-men-te é. O homem sem a mão sai do bar e caminha pela rua desabitada, e então o filme colorido fica preto e branco, mais preto do que branco, e há uma sombra bastante escura que nos impede de ver muito bem, e o homem que perdeu a mão anda na rua à noite, e ele parece um vulto, e escutamos apenas o som dos seus passos, e a ausência de ruído quer dizer que vai acontecer alguma coisa ruim, e o homem para em frente a uma vitrine vazia e vê um pano amassado do outro lado do vidro, e o pano começa a se mover bem devagar, como se debaixo dele se escondesse uma aranha grande, e o homem chega mais perto quando sabemos que ele não deveria chegar tão perto, e o pano agora se mexe mais, e começa uma música com batidas de tambor distantes, espaçadas, tensas, e vemos só o rosto do homem, enorme e excessivamente perto do vidro, e então, debaixo do pano, a mão salta muito rápido, quebra o vidro e agarra o pescoço do homem, e isso tudo acontece sem que tenhamos tempo de respirar uma única vez antes do susto, e a mão que agarra o pescoço do homem é a sua própria mão, e todos nós saltamos do sofá ou de onde quer que estejamos e o nosso corpo estremece e nosso coração dispara como se o pescoço atacado fosse o nosso, e, por alguns instantes, mesmo depois de entendermos que o pescoço não é o nosso, nos sentimos tontos e estranhos, como se tudo estivesse perdido, como se já não houvesse salvação.

Na chamada, meu marido tinha uma voz monocórdia e distante. Perguntou de novo quando eu definiria a data da passagem de volta. Eu disse que pensava em ficar mais um mês. Ouvi uma respiração cansada do outro lado da linha, uma espécie de suspiro mínimo. Você tem certeza que vai te fazer bem ficar aí nesse momento?, perguntou, ainda que eu soubesse que essas suas perguntas não eram bem perguntas, estavam mais para arguição. Eu disse que sim, mas que ainda estava pensando. Falamos mais um pouco e desliguei porque estava atrasada, sairia para visitar minha prima Elisa e o bebê.
Não senti nada com o telefonema, com a voz do meu marido, mas ao me perguntar em seguida o motivo de não ter sentido nada, foi como se recebesse um ar vazio descendo pela traqueia, como se o fato de não ter sentido nada significasse algo pior.
Era estranho nos imaginarmos no futuro, nossos corpos en-

velhecidos, já começando a ficar gastos em volta dos ossos, aqui ou na Inglaterra, não importava. Comecei a sentir o pequeno tremor. Respirei fundo e contei até dez olhando para a parede. Em poucos minutos já tinha me esquecido dele. Calcei os sapatos e saí.

Fechávamos todas as cortinas. O quarto ficava mais ou menos escuro e colocávamos a fita no videocassete velho. A imagem da televisão era pequena e ruim. Eu olhava para a Laura, porque ela era dois anos mais nova, tentava enxergar medo na sua expressão, desejando que o seu medo fizesse com que eu me esquecesse do meu. A Elisa e o Ricardinho muito perto da TV, como se nunca mais fossem capazes de se descolar da tela. Eu também não deixava de olhar, mas eram os olhos deles que mais me assustavam. Levantei com as pernas fracas e caminhei na direção do banheiro, que ficava ao lado da cozinha. Ao superar o corredor, quase trombei com um corpo de homem, sólido, silencioso. Era o Ricardo pai. Paralisei e por uns minutos encarei sua mão enorme, os dedos grossos segurando algo minúsculo, acho que um parafuso. Ele também não se moveu, e me olhou em silêncio com um semblante bizarro. Corri sem olhar para trás, abri a porta, escapei para a rua.

1992 — Voltamos ao quarto rosa, abrimos o guarda-roupa, mas demos de cara com o vazio. Alguém tirou a boneca dali. Os cadernos da Eva também sumiram. Nós três nos agachamos ao mesmo tempo e olhamos embaixo da cama. O braço. A Elisa se estica para alcançá-lo, ele ainda está lá, imóvel, e nós o admiramos, as manchas no plástico velho, um dos dedos amassado, duas unhas carcomidas. Pensamos um pouco e logo temos um novo plano: vamos ver mais uma vez o filme A *mão* e acomodamos o Ricardinho à nossa frente. Esperamos a cena em que a mão começa a se mover debaixo do pano e, nesse momento, quando tudo estiver muito quieto, pegamos o braço sintético e fazemos a mão da Cassandra tocar a sua orelha. Os dedinhos plásticos pontudos. Esperamos que ele salte e grite, e nos diga palavras horríveis.

Eu queria comprar uma torta doce e um presente para a bebê da Elisa. Fui à padaria e voltei com uma torta de limão. No caminho, notei algo estranho. Fazia pouco tempo que tinha almoçado e já não havia luz. O céu preto como se alguém tivesse desligado o sol, as nuvens trágicas, um filme sem cor. Não entendi. Outras pessoas na rua também olhavam para o alto, faziam fotos.

Nesse dia, a cidade de São Paulo escureceu às três da tarde. Senti dor de cabeça. A penumbra me desmotivou. Liguei para a Elisa e disse que iria vê-la outro dia.

Especialistas explicaram a noite precoce na capital do estado pela combinação atípica da chegada de uma frente fria vinda do litoral, nuvens baixas e carregadas e, principalmente, pela presença de uma névoa seca, com partículas de detritos que formaram uma camada densa e cobriram a luz do sol. Alguns institutos de meteorologia brasileiros disseram que a camada de sujeira tinha sido causada, em parte, pela fumaça gerada pelos grandes focos de queimadas na região amazônica e, portanto, estava relacionada ao aumento do desmatamento naquele ano.

Relacionar o céu escuro em São Paulo a queimadas na Amazônia é sensacionalismo ambiental, disse o ministro do Meio Ambiente.

* * *

1991 — Abro gavetas no escritório dos meus pais. Só há uma série de papéis desordenados. Um deles traz uma imagem que me desperta: caveiras e ossos. Começo a vasculhar outras folhas e encontro uma espécie de livro fino. A capa diz ONDE ES-TÃO. Leio de novo, mais devagar, quero encontrar os nomes das pessoas que deveriam estar. Encontro apenas o que parece ser um segundo título: CPI — PERUS — Relatório da Comissão Parlamentar de Inquérito. Não entendo e volto à foto das caveiras, o coração um pouco mais rápido e as mãos mais aflitas, a poeira grudando no suor. Sigo minha busca, outros papéis. Num deles, uma palavra estranha e enorme: TORTURA. Repito em voz alta: TORTURA. Não sei o que significa. Em outro papel vejo outra imagem, pessoas segurando cartazes, onde leio outros ONDE ES-TÃO. ONDE ESTÁ MARIA REGINA MARCONDES PINTO, ONDE ESTÁ SIDNEY F. MARQUES DOS SANTOS. No lado esquerdo, quase fora da imagem, um homem baixo carrega um cartaz menor escrito à mão: SABEMOS QUE ESTÃO MORTOS.

Eu já sabia: não me diriam o significado daquela palavra e, se dissessem, o fariam de um jeito confuso e enigmático. Fui até a estante da sala, abri o dicionário e busquei a letra T. Li tudo. Todas as letras, todas as palavras, até as que eu não conhecia. Definição número 1, definição número 2, definição número 3, definição número 4.

Fiquei sem conseguir dormir algumas noites. Sonhava com a mão, com a frase "a gente nunca sabe quem a gente re-al-men--te é" e com a frase "sabemos que estão mortos". E com a palavra "tortura". A palavra "tortura" queria sair da boca de alguém que tentava gritar mas não tinha voz.

* * *

A penumbra persistia. Voltei para casa olhando para o chão, com passos rápidos, como se com aqueles passos eu pudesse me afastar de qualquer desgosto. Reparei numa mulher de batom vermelho que estava sentada num banco da praça e comia pipoca doce; ela me olhou de volta de um jeito sério ou triste ou indiferente, uma expressão que não sou capaz de descrever e que por isso me perturbou.

Entrei em casa, a garganta seca, os olhos secos. Olhei o buraco da garagem, preto, profundo, inexplicável.

Vi o Nani tomando sopa na cozinha, as luzes acesas. Fui até a sala de TV, mas não liguei a TV. Olhei pela janela. A escuridão aprofundada com o avanço da tarde. O pequeno tremor interno ameaçou despertar outra vez.

Eu só precisava me distrair e decidi procurar um dos filmes em VHS que o Nani tinha comprado para nós, ver se ainda encontrava algum por ali. Abri a gaveta do móvel que sustentava a TV. *A Pequena Sereia*, *A Bela e a Fera*, *Indiana Jones 1 e 2*, e, nas profundezas daquele compartimento esquecido, um objeto esbranquiçado que eu não consegui enxergar por completo e me pareceu algo nunca visto. Tentei puxá-lo, mas tive a impressão de que estava preso a alguma coisa. Era longo e tinha uma textura lisa. Pensei num osso e abri muito os olhos. Mas, não, era mais grosso e menos rígido que um osso. Tirei todas as fitas do caminho e o arrastei para fora. Era um braço. Falso, sintético. O braço da boneca Cassandra.

Fiquei uns segundos olhando maravilhada para o membro morto em minhas mãos. Elas logo se sujaram de poeira preta, como o céu daquele dia. Aquele pedaço de plástico me fez sorrir e sentir algum alívio, não sei por quê.

9. A história do fosso

Conto esta história da Eva às vezes sem desejo e com toda a dificuldade, neurônios, ossos, músculos, nervos. A cabeça com pensamentos rápidos e confusos, o corpo lento. As mãos geladas não conseguem acompanhar os pensamentos, buscando uma história feita de ar.

A parte que me cabia desta história: três cadernos e um braço.

A verdade é que não faz nenhum sentido.

Uma vala com a largura de uma retroescavadeira. Trinta e dois metros de comprimento, quase três de fundura. Um dia de 1976. Uma exumação em massa numa noite muito fria ou muito quente. Aquele ruído de máquina quebrando o silêncio. Talvez morcegos, pernilongos. Sacos plásticos empilhados com ossos humanos. Terra e umidade. Nenhuma anotação no livro de registro, nenhuma indicação no mapa do cemitério. Minerais, matéria orgânica, água, pequenos animais e microrganismos. Restos desmembrados de indigentes mortos pela fome e pelo frio ou por grupos de extermínio da PM, crianças vítimas de uma epidemia de meningite, militantes políticos cujos exames necroscópicos tinham uma letra T de "Terrorista" escrita à mão com lápis vermelho. Talvez pedaços de raízes, formigas. Outras coisas que não entendemos, não sabemos.

Sonho — 10/09/2019 — Dessa vez vejo uma mulher escavando a terra úmida. Está escuro e eu acendo a lanterna do celular. A mulher se parece com a Eva. Sim, a mulher é a Eva, mas não tem rosto. Ela usa uma pá, mas suas unhas estão sujas de terra. A Eva me vê, mas continua cavando em silêncio, até encontrar um anel enlameado, e o anel é uma aliança, e então de repente ela está sem a prótese do olho direito e limpa uma gota de sangue que escorre do ouvido. Depois há uma casa que eu não conheço, um sofá listrado verde, um corredor que nunca vi e passos pesados de botas. Eu estou sozinha e vejo apenas o que está do lado esquerdo, como se também me faltasse um olho. Abro a porta e noto que amanheceu. O outro olho enxerga as coisas claras demais, como quando passamos a noite em claro e qualquer luz incomoda.

Acordei com um leve tremorzinho interno bem no meio da barriga. Bebi água. Vi uma claridade franzina entrando pela fresta da janela.

Peguei o celular, chequei o livrodosonho.com. Sonhar que você está escavando a terra representa sua busca por desenvolvimento pessoal e objetivos. Abri o Instagram e fiquei um tempo perdida ali.

Abri o terceiro caderno da Eva numa página qualquer: o desenho de um coelho com os olhos bem pretos, sem nenhuma parte branca. Pensei que se o desenho fosse colorido, os olhos seriam vermelhos.

Sobre a escrivaninha estavam o braço da boneca e a prótese ocular. Peguei o olho falso e o alisei, depois fiquei passando ele entre os dedos.

Começou a chover e continuei ali, fazendo pesquisas na internet. Além do buraco negro, a Vala de Perus. Eu olhava o computador, olhava os cadernos, olhava o buraco da garagem pela janela.

O telefone vibrou, chamada de vídeo com meu marido. Entre outras coisas, ele disse que eu deveria sair, me distrair. Inverti a câmera do celular e mostrei a chuva pela janela. Vi as gotas sumindo dentro do buraco preto. Virei a câmera de volta para mim e seguimos falando sobre algo sem importância. Parei um segundo para reparar no rosto dele, que me pareceu mais branco que o normal, a pele sem brilho.

Caminhei pelo quarto enquanto falava. Abri e fechei os armários.

Ele desligou, disse que ia tomar banho. Tirei os olhos do computador e eles ardiam. Pensei em também ir tomar banho, mas peguei o olho da Eva de novo e deitei na cama. Depois levantei e voltei a me sentar em frente ao computador.

Um cemitério inaugurado em 1971 sem discurso ou comemoração. Reivindicação antiga dos moradores de Perus, um lugar mais próximo onde pudessem enterrar seus mortos. O bairro ficava a trinta e dois quilômetros do centro de São Paulo, tão distante que para muita gente aquele pedaço de terra ao norte ficava tão ao norte que ia além do norte, que aquele pedaço de terra era tão solitário e desterrado que não era mais bairro, que extrapolava os limites já muito esticados da cidade. Uma fábrica de cimento e um lixão. Telhados cobertos de pó, poluídos pelas chaminés. A última ponta das pontas, o último noroeste. Uma estrada de ferro. Local de parada, no meio do caminho entre o centro de São Paulo e a cidade de Jundiaí, onde se desembarcava o calcário extraído das pedreiras de Cajamar. A Companhia de Cimento Portland era uma das únicas do Brasil. Produziu o cimento que construiu a cidade, o país.

Cálcio no calcário das pedras, cálcio nos ossos debaixo da terra.

Escutei o barulho do motor do carro da minha mãe. Continuei a ler no computador até ouvir ao fundo a sola dos sapatos estalando nas escadas, degrau por degrau. Abriu a porta. Eu demorei uns segundos para me virar.

Ela estava com os ombros e a barra da calça molhados. Que chuva, hein. E descalçou os sapatos. Sorriu, olhou para mim, ficou séria de novo.

Você não tira mais a cara desse computador.

Mas também, só chove, eu disse, e cocei a cabeça com a mão da boneca.

Ela riu. Sentou na cama e perguntou de novo como andavam as coisas com o meu marido e quais eram os meus planos para os meses seguintes, depois ficou olhando para a janela. Ela se atrapalha quando quer falar a respeito de alguns assuntos. Fica mexendo muito. Eu sei o que ela queria me dizer, que eu já tinha passado dos trinta e cinco e logo chegaria aos quarenta, que escolhesse algo para me dedicar de verdade, um lugar para viver, que eu me firmasse sobre ao menos uma base.

Um cemitério em Perus que ficava tão longe que era longe até de Perus. Era estranho o lugar que escolheram para construí-lo, de difícil acesso, longe da estação de trem, isolado por uma estrada não asfaltada, nada em volta. O relevo acidentado. Vento, silêncio, mato. Mas o desejo da prefeitura era que aquele fosse o destino preferencial de todos os mortos que chegassem sem identificação ao IML. Corpos desconhecidos ou não reclamados por parentes em até setenta e duas horas. Cadáveres abandonados. Nas palavras deles, "mendigos sem família". Iniciaram a terraplenagem. Quando faltava um ano para começar as obras, a planta previa a construção de um crematório, uma obsessão do prefeito. O prefeito se chamava Paulo Maluf e tinha sido indicado pelo governo militar, porque naquela época não se votava. Houve uma licitação e a empresa escolhida foi a Dawson & Mason. Quatro fornos a gás. Cada forno capaz de queimar um cadáver por hora. Antes de iniciar as obras, porém, a empresa inglesa desistiu do serviço. Acharam estranho não haver no projeto uma sala de cerimônia para velar os corpos. O cemitério foi então finalizado sem os fornos crematórios.

Saí do quarto e fui até a sala de TV. O Nani sentado no sofá encarando a tela. Passei a mão em seu cabelo. Ele olhou para trás e me encarou calado. Eu disse oi. Ele disse oi. Vi que estava sem a dentadura.

A chuva tinha diminuído um pouco. Eu e minha mãe nos sentamos para jantar.

Pedi a ela que me falasse sobre a Eva. Às vezes ela gostava dessas conversas, outras não. Disse que não sabia o que falar, pegou a coxa de frango com a mão, deu uma mordida e olhou para cima.

Um dia a Eva dormiu durante o jantar, ela disse.

Como "dormiu"?

Dormiu, terminou de comer e dormiu sentada, o prato na frente dela.

Fiquei imaginando aquela cena.

Como exatamente vocês descobriram que ela poderia estar em Perus?

Uma história: naquelas bandas vivia uma senhora que criava perus e vendia comida aos tropeiros que estavam de passagem. Se alguém quisesse se referir à região, dizia "Lá onde vive a Maria dos Perus".

Outra história: os povos que viviam ali chamavam o lugar de "Pi-ru", combinação que em alguma língua da família tupi-guarani significaria "pôr-se apertado, à força"; isso por causa do amontoado de rochas do ribeirão Perus: a água passando nas fendas estreitas das pedras, um ruído forte.

Enquanto lavava os pratos, minha mãe disse uma frase: há um mês, a procuradora que presidia a comissão que investiga os mortos e desaparecidos políticos foi exonerada e substituída por um advogado. E em abril, ela continuou, o governo publicou um decreto extinguindo o grupo de trabalho da Unifesp, o grupo que faz as análises das ossadas no Centro de Antropologia e Arqueologia Forense. A desculpa agora é que a coisa toda custa muito aos cofres públicos, claro. As amostras de DNA precisam ser enviadas a Haia, na Holanda etc.

E vocês não vão fazer nada?, eu disse.

Eu estou cansada, ela disse.

Levou as mãos à orelha direita, abriu a tarraxa, pôs o brinco sobre a mesa. Depois, com as mãos na orelha esquerda, fez o mesmo movimento: só que existe uma condenação judicial que obriga o governo federal a se responsabilizar pelo reconhecimento das ossadas, então não sei o que vai acontecer. Não aguento mais essa história.

    Ela secou as mãos com um pano de prato meio úmido olhando para os azulejos e em seguida olhou para mim: eu estou exausta. E repetiu: exausta.

    Na próxima sexta vai ter um ato no Ibirapuera. Por que você não vai? Está na hora da sua geração começar a se preocupar com isso. Daqui a pouco eu morro e esses ossos ainda estão sem nome.

    Uma mulher que um dia sumiu. Ela era muito magra e às vezes muito quieta. Tinha perdido um olho na infância, usava uma prótese no lugar. Gostava de Elizabeth Taylor. Não gostava de matemática, jaca, anis, lentilhas. Discussões políticas em família, insultos. A família, os valores, a propriedade. Deus etc. Senhoras que usavam laquê e diziam: vermelho bom, só batom. A filha saindo de casa. Rancor, rancor. AI-5, Coca-Cola, Caetano, Elis, Belchior, Vietnã, festivais, passeatas. Calças boca de sino. Uma casa periférica revirada por agentes. Um primeiro desaparecimento, duas irmãs e uma amiga em busca: na universidade, na papelaria onde ela trabalhava, na delegacia, nos hospitais, no IML. Nenhum nome, lugar algum. Talvez ela tivesse fugido. Nenhum contato, nenhuma carta, recado, telefonema. Talvez ela estivesse presa. Mais visitas nos quartéis. Ninguém com esse nome. Talvez ela estivesse morta. Mais visitas ao IML. Nada, nada. Vazio. Anos depois uma informação: corpos de mortos sob tortura tinham sido levados ao Cemitério de Perus. Uma viagem longa, trem, caminhadas pela estrada do Pinheirinho. Buscas nos registros do cemitério. Um segundo desaparecimento: nada. Talvez ela tivesse fugido. Anos depois mais uma informação: alguns presos políticos foram enterrados com o codinome, o nome que usavam na clandestinidade, mesmo que o nome verdadeiro constasse nos laudos do IML. Uma segunda viagem longa, trem, caminhadas pela estrada do Pinheirinho. Um nome encontrado: Maria Alice Martins de Freitas. Cova número 11, quadra 2. Um terceiro desaparecimento: o livro também dizia que o corpo tinha sido exumado no dia 11 de maio de 1976. Um quarto desaparecimento: nenhuma indicação sobre onde os restos tinham sido recolocados. Um corpo perdido dentro de um cemitério. Vento, silêncio, mato.

10. Peça desculpas

Ouvi gritos vindos do quintal. Saltei da cama. Eram as vozes da minha mãe e da cuidadora. Pelo pouco que pude entender, o Nani tinha sofrido outra queda. Pensei logo no buraco da garagem, no meu avô no fundo do breu, perdido como uma criança que caiu num poço. Olhei pela janela e constatei que o buraco seguia solitário, os cavaletes que o circundavam intatos, ninguém em volta. As vozes nervosas continuavam ressoando, agora mais brandas. Desci correndo as escadas.

Ele estava de pé, apoiado nos ombros da minha mãe e da cuidadora, gemendo um pouco. Tinha tentado fugir. Num momento de distração das duas, se levantou e caminhou lentamente até a saída da casa, abriu o portão, deu alguns passos, desabou. Ao menos parecia não ter quebrado nada.

Continuava agitado, querendo sair. Estão me esperando na rua Dr. Zuquim, disse. Hoje é dia de demolição.

Mesmo com a perna ralada e o corpo mole, fazia movimentos bruscos, tentava se desvencilhar. Os vizinhos olhavam. Nani, você já se aposentou, eu disse. Vendeu a demolidora já faz tempo. E passei a mão sobre seus cabelos secos esbranquiçados. Ele se irritou e puxou a cabeça. Repetiu a mesma frase com mais ênfase e didatismo, como se obrigado a se explicar a um idiota. E me olhou nos olhos: eu preciso ir, estão me esperando no trabalho, na rua Dr. Zuquim.

Minha mãe tinha uma expressão impaciente. Agarrou seu braço com dureza tentando levá-lo para dentro. Ele reagiu, a empurrou com uma força que não era mais sua e uma violência para mim irreconhecível. Então tudo se agravou num milésimo de segundo: o corpo da minha mãe em queda, ela se agarrando na grade com uma das mãos, seu rosto enrubescendo ao mesmo tempo que se tensionava, os olhos de cão raivoso. Ela respirou fundo, se recompôs. Depois disse com uma voz cortante:

E como é que o senhor pretende chegar na Dr. Zuquim? Vai andando? Dá umas duas horas de caminhada. Pode ir, então, fique à vontade.

Fez um gesto para a cuidadora soltar o braço do pai e apontou para a rua:

É pra direita ou pra esquerda?

O rosto do Nani então se encheu de confusão, naquele instante ele era um náufrago. Era como se tivesse se dado conta de ter envelhecido cinquenta anos. Seu olhar ficou ausente e nós o arrastamos até a sala.

Eu me lembrava de outro avô. A casa era muito maior que as outras da rua. Os vizinhos nos tratavam com certo respeito, éramos as netas do seu Ernani. Quando o acompanhávamos à padaria ou ao supermercado, às vezes lhe pediam dinheiro ou um emprego na demolidora. Ele atendia aos pedidos quando achava que a pessoa era decente e direita, mas fechava a cara quando encontrava o filho da dona Marta, que segundo ele era encostado. Eu gostava da palavra "encostado" e imaginava o filho da dona Marta encostado no muro ou encostado na dona Marta. O que importa é que "existem pessoas que trabalham e pessoas que não trabalham", o Nani nos dizia.

A tarde terminava abafada e com pouco ar, as casas tinham muros baixos ou portões de garagem com uma barriga que invadia a calçada para abrigar carros com traseira grande, quase todas as janelas eram de alumínio brilhante e nós voltávamos com figurinhas e pacotinhos de bala e chocolate.

1993 — Na tela, um homem famoso está numa espécie de Jacuzzi cheia de água e espuma. Ele precisa encontrar sabonetes para vencer a disputa. Uma mulher de biquíni salta sobre ele e tenta impedi-lo. O homem agarra um sabonete e tenta jogá-lo para fora da banheira, a mulher está montada nas suas coxas e afunda a cabeça dele na água, vemos só a sua mão direita, que segura bravamente o sabonete escorregadio, e a bunda da mulher, coberta apenas por um biquíni fio dental. Ele consegue se erguer, ofegante, os dois sorriem, a mulher agora afunda o tórax do homem na água, o sabonete escorrega e cai, o embate continua, a plateia grita, a parte superior do biquíni da mulher se desloca um pouco, a câmera enquadra um pedaço do peito, o homem consegue encontrar outro sabonete. Olho para meus avós sentados no sofá, busco algum constrangimento, mas eles parecem estar distraídos: o Nani tem os olhos quase fechados, está pegando no sono; minha avó prega um botão.

Meu pai telefonou. Perguntou outra vez quando eu iria visitá-lo em Boiçucanga. Prometo que vou logo, eu disse. É que as coisas estão difíceis aqui. Meu avô acabou de cair de novo.

Contei a ele que iria ao ato no Dia Internacional das Vítimas de Desaparecimentos Forçados.

Você voltou a se interessar por isso?

Por que "voltou"?, eu quis saber.

Quando era pequena ficou fissurada nessa história, ele disse. Como vai a sua mãe? Ela ainda tem esperança de encontrar esses ossos?

Ela só diz que está cansada.

Sua mãe sempre diz que está cansada.

Meu avô sentado na poltrona, disperso, a cabeça tombada para o lado, a calça levantada na altura do joelho, a cuidadora desinfetando o ferimento, as pernas dele branquíssimas, varizes ainda mais roxas. Minha mãe fumando na porta da sala, as mãos tremendo, unhas curtas roídas, o olhar fundo e vago na direção do buraco da garagem. Eu encostada no móvel cheio de porta-retratos, olhando em volta os quadros na parede, a cristaleira, olhando o Nani, olhando a minha mãe, os dois tão distantes.

Cheguei mais perto dela e me encostei na porta: também não precisava ter falado assim com ele.

Dava para ver um pouco de lágrimas nos seus olhos, mas ela enrijecia o rosto como se pudesse segurá-las. Puxou o ar com mais força e todos os cantos de seu rosto secaram: ando muito irritada com tudo. Talvez o melhor mesmo seja eu sair daqui. Voltar para o apartamento, contratar mais uma cuidadora, vir só uma vez por semana.

Mas e a reforma, eu quis saber, o apartamento não estava inabitável?

Não sei, talvez desistir da reforma. Por enquanto. Arrumar só o imprescindível, tirar o entulho e terminar em outro momento. Você já decidiu o que vai fazer? Quando volta, se vai, se fica?

Eu não queria falar sobre isso. Queria mesmo era falar sobre a distância entre minha mãe e meu avô, sobre o que havia acontecido naquela casa. Sobre ver a vista do Nani sem direção e me sentir perdida, me lembrar da sua mão firme — firme demais para a mão de um avô — apertando a minha na rua, me conduzindo com confiança. Falar sobre o que não se dizia e sobre os pedaços que eu não conhecia daquela história.

1992 — Nós estamos presos no bunker. Escondidos: eu e os outros rebeldes. Não podemos sair. Uso uns óculos grandes, que tinham sido do meu pai nos anos 1970, e enxergo muito pouco, porque ele tinha miopia e porque as luzes estão apagadas. O Ricardinho está com um chapéu de caubói. Pego meu walkie-talkie para me comunicar com as minhas primas, que estão do lado oposto, detrás da mesa de sinuca. O walkie-talkie é o controle remoto do aparelho de som. O bunker é o porão da casa da Mooca. Nessa história somos também hippies e achamos que isso quer dizer usar roupas folgadas. A Laura acende a luz e diz que é para o Ricardinho ser o Lula. A Laura é muito nova e não entende nada, então nós a mandamos ficar quieta. O Ricardinho não quer ser o Lula, cruza os braços e diz que o Lula cortou o próprio dedo para não trabalhar. A Elisa diz que ele pode ser o cachorro.

Peguei um ônibus, duas linhas de metrô e mais um ônibus para chegar ao Parque Ibirapuera. Levava a prótese ocular da Eva no bolso e às vezes enfiava uma das mãos no tecido e a alisava para me distrair. Entrei pelo Portão 10 e caminhei até o local do encontro, em frente ao Monumento em Homenagem aos Mortos e Desaparecidos Políticos, formado por chapas de aço.

Achei bonito que as placas fossem meio caídas e meio resistentes, duras, que tivessem muitos metros de altura. Então era isso: eu tinha herdado uma busca fracassada e sem fim, um corpo decomposto, um punhado de ossos perdidos.

O ato já tinha começado; na verdade, estava mais para o fim. Pessoas carregavam velas, flores e fotos em preto e branco de familiares ou amigos. Pouca luz, o verde do parque menos verde, semblantes contidos. Eu não conhecia ninguém. Senti vergonha por não ter uma foto da Eva nas mãos, e sim apenas um olho falso que ninguém podia ver, e que se alguém visse, não entenderia, ou acharia de mau gosto. Depois me senti inútil, desocupada e apática. Eu não devia estar lá. Eu, que depois de crescer, me distraí, deixei de me preocupar com esses assuntos. Onde quer que estivesse, a Eva desprezava a minha falsa empatia, o meu engajamento episódico.

Nesse momento, me percebi minúscula e me encolhi ainda mais, como uma criança pequena diante de um adulto alto e desconhecido. Senti vontade de chorar. Fazia tempo que não chorava. Não chorei. Depois olhei para o céu e pensei em pedir desculpas à Eva. Logo recriminei até mesmo esse gesto. Cheiro de mato. As copas das árvores se mexendo. O céu escuro, vasto e contínuo. Algumas nuvens, poucas estrelas.

Quando era criança ainda, sentia curiosidade por aquela palavra, "política". Na verdade, gostava da Eva, achava bonito ser como ela, ou o que entendia que fosse ser como ela, uma mulher rebelde. Mas o que eu sabia de fato de tudo aquilo era muito pouco.

Assisti a muitas reuniões no apartamento dos meus pais, as orelhas em pé tentando decifrar alguma informação, mas também uma dorzinha de tédio bem no meio da testa. Para mim, a palavra "política" e a palavra "trabalho" eram sinônimas, ambas imperativas, inquestionáveis quando se tratava de justificar a ausência dos adultos. Ausência física, quando minha mãe saía do plantão do hospital direto para uma reunião de campanha eleitoral, e meu pai e eu jantávamos sozinhos, mas também ausência de espírito, quando as crianças estavam na sala da reunião mas era como se estivessem invisíveis. A palavra "política" e a palavra "trabalho" cheiravam a cigarro e a camisas suadas e ocupavam os ambientes com conversas monótonas e inacessíveis.

Às vezes os adultos levantavam a voz e discutiam por horas, mesmo se concordassem. Um dia perguntei aos meus pais quanto eles ganhavam de salário por tudo aquilo e me indignei quando responderam que não recebiam nada, me parecia absurdo então seguir trabalhando.

E se perguntassem onde eu queria estar, preferia a casa dos meus avós. Preferia o Nani. Lá, o mundo era arcaico, e o barulho vinha apenas da televisão. A rusticidade e irreverência que eu não encontrava com os meus pais. Um excesso de cores, aparelhos e bugigangas. Mais liberdade na programação televisiva. Apesar dos crucifixos, das imagens de santos, das orações que fazíamos antes das refeições, acompanhadas do sinal da cruz. Escolhia as gengivas sempre à mostra do Nani, sua língua solta, mãos grossas, a confiança de um caçador. O cheiro gorduroso de colônia e brilhantina.

Com a minha mãe, um rosto grave e a paciência escassa, a austeridade de suas roupas — camisa branca e calça de sarja bege ou calça jeans —, uma única ruga rígida no meio da testa.

Depois que cresci, passei a ter ódio da palavra "política". Quis me afastar do que para mim era apenas ruído. E de fato me afastei daquela história em pedaços, aquela história vencida.

* * *

No ato do Ibirapuera, uma mulher falava no microfone. Não estava muito surpresa com o decreto do governo que extinguia o grupo de trabalho de Perus. Isso já era de esperar, claro, vejam as declarações do nosso presidente. Mas era uma vergonha, o país todo, a política do esquecimento que sempre se implantou. As autoridades, os governos anteriores também, todos os ex-presidentes, todos eles, sem tirar nem pôr, até os mais à esquerda, os ministros do Supremo. Que pedissem desculpas por terem se omitido, por não terem tido coragem e vontade política. As árvores escuras, nada verdes. Em volta dos postes de luz, bichinhos que no futuro perderiam as asas e seriam cupins. O zumbido de um mosquito e uma coceira no antebraço. Olhei para cima e me senti em silêncio numa selva noturna. Depois voltei a me ver rodeada de gente, a ouvir a voz amplificada pelo microfone. A mulher dizia o nome de uma autoridade e pedia ao público que replicasse em coro "por favor, peça desculpas". Dizia o nome de outra autoridade e repetia "por favor, peça desculpas", e outra e mais outra e muitas desculpas.

Caminhei até a saída do parque apertando com força o olho no bolso e com um mantra na cabeça, o coro de vozes sussurrando nos meus ouvidos: peça desculpas, peça desculpas, peça desculpas.

1990 — Temos os olhos fixos na janela do velho. O velho que chamamos de nojento. Às vezes o vemos passar de pijama, um vulto acinzentado e vagaroso. Pedras aguardam em nossas mãos. Estamos prontos para atacar, mas esperamos a rua ficar mais tranquila, as pernas pararem de se movimentar agitadas sobre a calçada. O velho não tem cara de monstro, parece sereno, está mais para bedel de escola ou cortador de frios da padaria. Calvo e magro, com uma barriga protuberante, olhar acomodado e pernas finas de pato. Mas tínhamos escutado: um ex-torturador vivia na casa da rua de trás. Velho nojento, repetíamos. Imagino a casa do velho cheia de objetos cortantes. Uma estante com ossos, unhas e dentes. A Laura deixa sua pedra cair e me desconcentra. Depois vira de costas, está com medo. Não gosto que ela esteja com medo, me irrito, mas olho para a Elisa e também penso em correr. O Ricardinho dessa vez está animado. Levanta de repente, dá um berro fino e atira a pedra de maneira desastrada. O tiro sai fraco, a pedra bate de leve, o vidro nem quebra. Mas vemos algo se mexer. Só pode ser o velho. Sim, é o velho, e agora ele nos vê. Ele nos vê e é como se tivesse nos visto o tempo todo. Os olhos me parecem vazios, buracos. Corremos sem rumo, só corremos, a nuca gelada, o coração ardendo na goela.

Eu não sabia onde ficava o ponto de ônibus, já tão pouco íntima daquela cidade sem fim. Pensei que seria melhor evitar pegar o celular, para não ser roubada de novo. Notei uma sombra e me assustei, girei imediatamente o tronco. O homem atrás de mim também pareceu se assustar com meu movimento brusco. Não aparentava ser perigoso, tinha um olhar infantil e desconcertado, apesar da sua altura e da barba espessa. Sorri um pouco sem graça e ele sorriu de volta, igualmente constrangido. Perguntei se ele sabia que ônibus tomar para chegar a alguma estação de metrô. Ele disse que estava indo para o ponto e que eu podia acompanhá-lo se quisesse.

Enquanto caminhávamos em silêncio, seu rosto me pareceu levemente conhecido. Notei ainda que ele vestia um casaco mostarda: eu tinha visto aquela cor destacada entre os corpos anônimos do parque. Perguntei se ele estivera no ato e confirmei que sim, ele disse que também tinha me visto. Falei sobre a Eva, um pouco acanhada, seu nome saindo hesitante dos meus lábios, quem era eu para falar sobre ela. Ele arregalou os olhos, em seguida sorriu. Disse que era arqueólogo forense e que trabalhava com as ossadas de Perus.

11. Outras formas de desaparecer

Eu e meu marido tivemos nossa primeira briga virtual. Isso porque mudei de novo a data da minha passagem de volta. Disse a ele que não havia nada muito importante a me esperar em Londres naquele momento. Mas existia ele, Bruno, meu marido, que se ofendeu, acho que com razão. Pedi desculpas, tinha me expressado mal. Mas quando eu pensava na palavra "marido", a sentia grave e solene, distante.

Ele não entendia. Por que ficar aqui num dos piores momentos da história do Brasil? Eu também não entendia algumas coisas. Por exemplo, como ele conseguia esquecer tanto. Apagar. A vida anterior e o torrão de terra que sustenta parte tão grande da sua própria narrativa, e de uma forma tão bruta.

As frases foram ficando mais curtas, as palavras mais pesadas. Ele disse que eu estava sem trabalho fazia muito tempo, e que a minha indecisão e falta de iniciativa já atingiam níveis intoleráveis. A palavra "intoleráveis" caiu maciça sobre a minha cabeça, e eu lhe disse um par de outras palavras duras. Ele então usou os termos "irresponsável" e "mimada". Terminou dizendo que tinha decidido cancelar o meu cartão de crédito.

Cliquei com raiva a tecla vermelha e fechei o computador, querendo fazer desaparecer de vez aquele rosto descorado, tão íntimo e ao mesmo tempo obscuro. Eu mal usava o cartão de crédito, saía pouquíssimo e fazia todas as refeições na casa do meu avô. Deitei na cama e senti o tremor balançando os meus ossos mais finos.

Meia hora depois, ele mandou uma mensagem pedindo desculpas. Disse que, claro, não iria cancelar o cartão. Não respondi e fui dormir tarde. Abri uma garrafa de vinho e roubei um cigarro da minha mãe, eu que sempre odiei aquela fumaça. A noite estava tão escura que quase não era possível enxergar o buraco da garagem, nem a lua, o contorno das casas, a copa de alguma árvore, a luz brilhando numa só pequena janela de uma moradia desconhecida que, mesmo iluminada, parecia não abrigar ninguém.

Acordei com a mão da Cassandra espetando o meu rosto, os dedinhos pontudos. Vi no relógio que já passava das onze e me senti ainda mais nula e fútil. Empurrei o braço de plástico para o lado, me sentei na cama e reli a história da mulher que foge nos cadernos da Eva. Quando algo não vai bem, é possível lutar ou fugir, ela escreveu. Lutar seria ético e dignificante, dizia a narradora — que para mim era a própria Eva —, mas na história a mulher optava pela fuga: lutar é também cansativo e perigoso. Pensei que aquela era uma história estranha, que a Eva era uma mulher estranha. Lembrei que eu também estava fugindo de alguma coisa, mas não sabia nem se fugir era ter ido embora do Brasil ou ter voltado. Pensei que eu também era uma mulher estranha.

Já estava quase na hora do almoço, por isso pulei o café da

manhã. Peguei uma cenoura na geladeira e desci as escadas do porão. Minhas mordidas fizeram eco. Dessa vez, tentei não tocar em nada, apenas olhei. Uma coleção de borboletas peludas que um dia acho que foram penduradas nas paredes, um ventilador com a hélice tão empoeirada que parecia ter criado pelos, uma imagem da Nossa Senhora da Achiropita sem cabeça. Três espirros seguidos.

Subi as escadas e fui dar uma olhada no buraco, tentei enxergar o seu fundo. Joguei o resto da cenoura ali e esperei o barulho da queda, como se esse barulho longínquo pudesse adivinhar o passado. Depois chutei uma pedrinha e tentei encará-lo seriamente. Só vi escuridão.

Pensei no Nani e em seus buracos cheios de concreto destruído, ele em cima de uma pedra dando ordens aos funcionários.

Fui até a sala e o vi sentado na mesma posição de sempre. Olhou para mim e não disse nada. Virou a cabeça na direção da TV. Andava mais calmo e quieto, não sei se isso era melhor ou pior.

1989 — Eu e minhas primas no carro do Nani, indo visitar alguma casa que tinha acabado de ser demolida. O Nani dizendo que quando ele chegou à cidade aquilo tudo era mato, a rua toda. Uns anos mais tarde, subiram aquelas casinhas pobres. Agora os escombros de uma delas. O sol batendo nos pedaços de pedra. O Nani orgulhoso dizendo que agora subiriam um prédio novo ali, um prédio alto. O Nani apontando para o céu. Escalávamos os fragmentos cinza, tijolos esquartejados, canos pela metade despontando do entulho. As mãos e os joelhos pretos. Uma garrafa de Coca-Cola vazia ao lado de um pedaço de vaso sanitário. Nós três fingindo que pisávamos na Lua. Uma escavadeira--amarela-nave-espacial, duas astronautas, uma extraterrestre.

* * *

O celular vibrou, imaginei que fosse de novo o meu marido, mas era uma mensagem de texto do arqueólogo forense que eu tinha conhecido no ato do parque. Vinha com uma foto. Bati na porta do quarto da minha mãe.

O arqueólogo forense se chamava Francisco. Vínhamos trocando mensagens desde que voltamos juntos do ato no parque. Nesse dia, ele me contou mais ou menos como ocorriam os trabalhos no Caaf, o Centro de Antropologia e Arqueologia Forense, e quais seriam os passos seguintes. Perguntou se eu não gostaria de ir até lá, disse que às vezes recebiam os familiares das vítimas. Achei estranho me reconhecer como familiar da vítima, eu que nunca tinha visto o rosto da Eva.

A imagem que ele me enviou por WhatsApp mostrava uma sala ampla com mesas cobertas por mantos azuis. Alguns ossos dispostos sobre elas, pequenas etiquetas com letras não legíveis. Atrás das mesas, fotografias em preto e branco, rostos colados na parede.

Esses são os desaparecidos?, perguntei à minha mãe. Ela disse que sim. Procuramos o rosto da Eva, mas não conseguimos encontrá-lo naquele pedaço cortado de fotografia digital.

O arqueólogo me convidou para visitar o Caaf. Pensei em ir. Você quer?

Eu já fui algumas vezes, ela disse, nos encontros com os familiares. Estou sem ânimo agora. Mas vá, sim. Acho que você deveria ir mesmo.

Quando caminhava na direção das escadas, pensei na cara fantasma da Eva pendurada na parede do Caaf. Parei no meio do caminho e me virei de volta.

Tem uma foto da Eva ali, pendurada naquela parede?, perguntei.

Sim, ela disse. Uma foto que eu também só conheci depois. Uma amiga da Eva me deu logo que ela sumiu.

Eu não sabia disso, por que você nunca me mostrou?

Aconteceu de tudo com essa foto, disse minha mãe. Nos anos 1990 entregamos a foto para a instituição que estava cuidando das ossadas na época. Tudo ficou parado, os ossos ali mofando dentro de caixas, nisso a foto também foi perdida.

Como perdida?

Perdida. Foi parar em Brasília. Em 2014, alguém da nova equipe foi para Brasília olhar os arquivos e achou várias fotos. Eram algumas das fotos dos desaparecidos.

Meu deus, até a foto acabou desaparecida, eu disse.

Sim. E lá em Brasília não sabiam de quem eram aquelas fotos, então as guardaram numa gaveta. Depois algum antropólogo trouxe de volta.

Meu pequeno tremor interno ameaçou voltar, mas dessa vez a sensação era boa. Conhecer enfim o rosto da Eva adulta. Uma lanterninha a pilha formando uma luz discreta no meio da noite. Eu nunca tinha visto aquela imagem. Até então só conhecia a foto da Eva com a família em cima de um morro, com o rosto coberto pelos cabelos, além da foto da Eva menina na escola.

Senti uma esperança de materialidade e de posse, como se aquela face perdida pudesse me salvar de alguma coisa.

E você não guardou nenhuma cópia da foto?

Guardei. Acho que dentro de um dos meus livros, mas não lembro qual, ela disse.

Mais um desaparecimento, pensei, e quis muito ver aqueles ossos com meus próprios olhos.

Meu avô gostava de assistir às demolições. Ainda posso vê-lo de pé em frente à retroescavadeira, empinado como um rei, as mãos na cintura, a camisa dentro da calça, os cabelos besuntados de brilhantina esticados para trás, esperando a hora em que se cobrissem de pó. Às vezes nos levava para visitar a obra. Gostávamos de ver os braços da retroescavadeira se movendo como um robô e dando socos nas paredes das casas que pareciam leves, feitas de gesso, mas faziam um ruído tão alto que era como se nos explodissem por dentro. A casa então sumia e dava lugar a algo parecido com pedras. Corríamos sobre elas.

O Nani tinha orgulho dessa ruína, dizia que as casas eram velhas e feias, que no lugar delas se ergueriam prédios onde muitas pessoas poderiam morar. Apenas uma vez o vi incomodado. Foi numa visita à sua cidade natal, no interior. Passamos de carro pela rua em que ele morava quando tinha a nossa idade. O Nani queria mostrar o casarão antigo que ficava em frente ao sobrado onde vivia. Na fachada, estava cravada em alto relevo o ano de construção da propriedade, o mesmo do seu nascimento: 1928. Meu avô gostava de olhar pela janela e ver o casarão imponente como um espelho, tinha vindo ao mundo junto com ele. Era a casa mais bonita que conhecia.

Mas naquele dia já não havia nada a ser visto: no lugar do sobradinho dos seus pais agora existia uma escola municipal; já o casarão tinha sido demolido e virado um grande descampado de coisa nenhuma, um estacionamento improvisado. O Nani desceu desorientado do carro e ficou uns minutos olhando o vazio. Voltou esquisito para o banco do motorista. Não disse mais nada.

Talvez essa cena explique o meu incômodo: um tijolo junto a outro tijolo junto a outro tijolo passa a ser uma parede, depois outra parede, depois uma casa, mas um dia a retroescavadeira transforma tudo em pedaços que se parecem com pedras, e o que há dentro de uma pedra? Mais pedra, talvez. No dia seguinte, um caminhão passa para recolher os destroços, e no outro dia há um buraco no lugar onde antes estava a construção e onde antes ainda, naquele mesmo local, viviam pessoas, que dormiam e acordavam e olhavam pela janela e podiam ou não gostar de filmes do Indiana Jones e podiam ou não ter conhecido a China, sofrido de pedras nos rins, desenhado meninos com cabeças grandes. E as pessoas são feitas de ossos, sendo que vários ossos juntos formam um esqueleto e, em volta deles, cartilagem, carne, sangue. Só que um dia essa pessoa morre de causas naturais ou acidentais — ou sua morte é provocada por terceiros — e então a colocam debaixo da terra. Mais tarde, a carne é comida por vermes e se decompõe, o que quer dizer desaparece, o que quer dizer nada, coisa nenhuma, o ar ocupando o lugar de algo, corrompendo o lugar de algo que um dia tinha peso e forma, e dentro do osso só deve haver mais osso, e no futuro tudo que está na nossa frente vai sumir, todas as casas e as pessoas. As fotografias tampouco serão capazes de preservar nossa imagem. Talvez nem os arqueólogos do futuro nos encontrarão, e mesmo que nos encontrem, nunca saberão quem fomos.

    Respondi à mensagem do arqueólogo forense. Marcamos um dia para eu fazer uma visita ao Caaf. Aquilo me animou por um momento, como se desse sentido à minha presença ali. Tinha chovido, uma tempestade tropical rápida. Senti cheiro de planta misturado ao de asfalto. Vi o desenho que a sombra da janela da cozinha formava na parede e constatei que fazia mais de trinta anos que aquela mesma sombra me lembrava um cachorro. Um pequeno foco de luz natural me fez gostar um pouco da vida, de repente era como se meu corpo sentisse desejo.
    Meu marido tinha mandado muitas mensagens. Pediu para fazer outra chamada de vídeo. Falamos rapidamente e ele se des-

culpou com a testa enrugada. Eu disse que o desculpava, mas desliguei logo. Evitei pensar muito nas coisas que ele havia me dito. Mesmo assim, um começo de mau humor ameaçou se espalhar pelo meu corpo e destruir minha esperança magra. Decidi sair para dar uma volta.

Na rua vi muitas coisas, meninos jogando futebol com uma bolinha de tênis na calçada em frente a um bar, um Mickey com rosto derretido pintado no muro, o homem encostado nele com um copo americano na mão. Depois, uma falsa seringueira que cresceu mais do que deveria e estourou todo o concreto em volta. Uma espécie de carcaça de prédio abandonado, um esqueleto de prédio. Uma cidade inacabada que já está em decomposição. Isso foi o que um amigo inglês me disse quando perguntei a ele o que tinha achado de São Paulo.

Caminhei mais um pouco e vi um lugar que me parecia familiar. Eu conhecia aquela esquina, aquele conjunto de sobrados bege, mas faltava alguma coisa ali. Em seguida, me lembrei: bem do lado daqueles sobrados ficava a casa do velho, o ex-torturador que um dia atacamos com pedras. A casa não existia mais, no seu lugar vi um edifício comercial baixo, com a fachada espelhada, em cujo térreo funcionava um estúdio de ioga e pilates.

Um homem passou ao meu lado assobiando uma melodia alegre, que parecia um samba. A melodia alegre se intrometeu nos meus pensamentos, e eu me senti confusa. Voltei para casa querendo fugir, como a mulher dos cadernos da Eva, mudar de ambiente. Não voltar a Londres, não visitar o meu pai no litoral, ir para um lugar onde ninguém me conhecesse. Desaparecer. Cheguei suada em casa. Pensei em fazer uma pequena mala, ir à rodoviária, comprar uma passagem, escolher um nome de cidade, o nome mais estranho possível.

Me sentei na cama, respirei fundo. Não fui a lugar nenhum.

* * *

 Há muitas formas de desaparecer. Ser uma mala ou uma carta e se extraviar, por exemplo. Nesse caso, a coisa não deixa de existir, fica apenas ausente para quem a procura. Já tecidos orgânicos e até materiais de construção, como o aço, o concreto, os tijolos e a argamassa, podem ser dissolvidos totalmente pelo ácido sulfúrico. O cloro também pode dissolver coisas por causa da oxidação, por isso faz desaparecer bactérias e microrganismos. A água faz sumir por completo o açúcar e o sal. E se você jogar uma pastilha numa poça durante a chuva, ela derreterá em pouco tempo. Quando um animal se extingue, toda a sua espécie desaparece de forma definitiva do planeta. Um dos modos mais eficazes de desaparecer: desconectar-se da internet e limpar o histórico do computador. Mas também seria preciso limpar as lembranças das pessoas que você conheceu (caso contrário, a sua imagem ainda fica vivendo no pensamento alheio). Sentir-se ausente de si mesmo, esvaziado, o que deve ser o mesmo que não ter desejo. Ficar na penumbra. Ser atingido pela lava de um vulcão. Ser uma das profissões que vão desaparecer no futuro por causa do automatismo. Ser um líquido e escoar pelo ralo. Ser um esqueleto sem nome (é que o nome carrega informação demais sobre nós, o que é o contrário de desaparecer). Ser um bicho leve demais que não deixa pegadas.

12. A história da Eva — *1962*

Houve um tempo em que Eva e o pai eram melhores amigos. A menina já não lhe parecia tão sombria e estranha. Jogavam baralho e assistiam a programas de auditório ou partidas de futebol. Ela explicava o que aprendia nos livros, como se dava a formação das nuvens e o funcionamento do aparelho de telefone; ele contava histórias de quando era pequeno e não tinha sapatos. Gostava de levá-la ao bar da esquina e mostrar aos amigos como a filha era esperta. Pedia a ela que fizesse contas rápidas, que elencasse os nomes de plantas e animais, dos planetas e dos ossos do corpo humano. Depois sempre perguntava como eram mesmo aqueles versos "minha terra tem palmeiras,/ onde canta o sabiá", e Eva declamava a "Canção do exílio".

Eva gostava de acompanhar o pai no trabalho, conhecer os imóveis velhos que ele comprava para demolir. Entrava em cada cômodo desabitado e via as manchas e as teias de aranha nos cantos das paredes, as bolotas de poeira voando com lentidão, abria os armários mofados e devorados por cupins, olhava para os tacos que faltavam no piso e imaginava as pessoas que um dia viveram ali passando por aquele mesmo cômodo, como fantasmas magoados, então sentia algo parecido a quando se olhava no espelho sem a prótese ocular e via um espaço vazio no lugar onde deveria haver um olho.

    O pai começou a ganhar dinheiro com a venda dos terrenos e as demolições e, no dia do aniversário de onze anos de Eva, chegou com um pacote enorme nas mãos. Tomada pela curiosidade, ela rasgou a embalagem e encontrou uma boneca loira com quase um metro de altura. A madrasta se assustou, nunca tinha visto uma boneca daquele tamanho e por alguns segundos achou que uma menina de verdade saía do embrulho. O pai sentiu orgulho de si mesmo pela ousadia do presente, e disse: e então? A menina mais velha e a menina mais nova sentiram ciúmes, porque as bonecas que ganhavam tinham sempre o tamanho de um bebê. Eva não soube o que sentir. Surpreendeu-se com o porte do brinquedo, mas nunca se interessou muito por bonecas e, naquele momento, já prestes a entrar na adolescência, elas lhe importavam ainda menos. Agradeceu com educação e pensou que a figura parecia uma criança morta, com os olhos azuis esbugalhados. Não lhe deu um nome. Chamava-a apenas de "a boneca". Acomodou-a sobre a cama, mas não soube muito bem o que fazer com ela.

13. Poeira cósmica

Desci em frente a um imóvel comum que por fora parecia residencial. Toquei a campainha e falei com um rapaz, acho que recepcionista ou segurança, depois fui recebida pelo arqueólogo forense. Seu rosto me pareceu diferente daquele que eu lembrava, os olhos maiores e mais descontraídos, apesar de melancólicos, a face mais limpa. Talvez tivesse aparado a barba. Não sei por quê, senti certo entusiasmo ao vê-lo.

Minhas pálpebras estavam tremendo desde quando acordei. Saltavam por alguns segundos e paravam, depois recomeçavam. Achei que poderia ser mais uma manifestação do pequeno tremor interno. Minha mãe disse que o tremor involuntário das pálpebras pode ser causado por poucas horas de sono, falta de vitamina B12, de potássio ou magnésio, consumo excessivo de café ou álcool, estresse ou desidratação. Minha mãe sabe muito sobre muitas coisas.

O arqueólogo forense me levou para a primeira sala e me apresentou ao coordenador do Centro e a uma antropóloga. A equipe já foi bem maior, disse, antes tínhamos arqueólogos, antropólogos, historiadores, médicos e dentistas legistas trabalhando com essas ossadas, depois os recursos foram ficando escassos. Agora que o governo extinguiu o grupo de trabalho sobramos só nós, a sorte é que assinamos o contrato em 2018, antes das eleições.

Reconheci as mesas cobertas com mantos azuis que tinha visto na fotografia enviada por WhatsApp. Também os ossos sobre elas. Fiquei olhando um pouco acanhada para aqueles seres humanos assim, excessivamente nus, despidos de carne e pele. Os seres esqueletizados são todos muito semelhantes, e eu não sabia a quem tinha pertencido cada uma daquelas ossadas, conhecia apenas o seu destino comum: sacos plásticos jogados no fundo de uma vala clandestina.

Logo segui na direção da parede para ver os rostos em preto e branco pregados lado a lado. Primeiro aquilo me pareceu um altar melancólico, depois pensei que na verdade os rostos sobreviviam ali expostos, se recusavam a ser esquecidos, e há algo de dignidade naquilo que insiste, mesmo que na forma de imagem. Demorei para encontrar a Eva e, quando vi a mulher com a face fina e pontuda, não tive certeza de que era mesmo ela. Mas, sim, li seu nome abaixo da imagem. Nunca tinha visto seu rosto adulto tão nítido e grande. Procurei nela algo que se parecesse comigo, talvez o olhar desconfiado, como descreveu a minha mãe. Não percebi nada que se assemelhasse à ideia que tenho de mim, tampouco achei que tinha aspecto de animal. Talvez ela me lembrasse o Nani, acho que por causa do nariz, e isso me desnorteou, senti afeição e ao mesmo tempo aversão. Era como se a Eva fosse uma personagem de um filme antigo do qual eu já não me lembrava. Ou como se eu a conhecesse dos sonhos (o que de fato era verdade). Ela ainda me parecia séria e enigmática.

Sempre pensei num arqueólogo como uma pessoa que passa o dia escavando, peneirando a terra e limpando com aqueles pincéis o que encontra. Imaginava o arqueólogo fazendo um buraco no chão e achando um objeto, os restos de uma construção antiga, coletando a relíquia com muito cuidado para colocá-la num saquinho etiquetado. Isso para tentar entender alguma coisa sobre as pessoas e as sociedades do passado. E se encontrasse um osso, por exemplo, poderia enviá-lo para exames em laboratórios, descobrir que o humano a quem pertenceu o osso viveu no século XVI ou no Mesolítico.

Os arqueólogos forenses são um pouco diferentes, me explicaram nesse dia. Usam as técnicas arqueológicas em contextos forenses, o que significa que descobrem e analisam vestígios que podem provar um crime. Fazem um registro dos componentes da cena e do processo de coleta do material, isso tudo ajuda na investigação. Analisando restos humanos, por exemplo, podem descobrir quanto tempo se passou entre a morte da pessoa e a sua descoberta, se há lesões nos ossos, os objetos que causaram as lesões etc.

Senti a pálpebra esquerda tremendo de novo e olhei para o arqueólogo, que me observava de perto, procurando em mim alguma emoção. Cocei o olho de uma forma meio estabanada, não queria que ele visse meus órgãos em desequilíbrio, achei que a pálpebra tremendo mostraria mais de mim do que eu estava disposta a mostrar. Ele me deu um sorriso hesitante.

Os ossos não eram brancos, tinham uma coloração acastanhada. Pensei que isso os fazia parecer um pouco menos mortos, porque menos pálidos, pensei que isso também lhes dava um aspecto de ruína, a cor das partes que sobram de uma construção muito antiga normalmente é semelhante à deles.

Estavam dispostos sobre as mesas em posição anatômica, na tentativa de formar um esqueleto, os membros mais ou menos articulados, ainda que faltassem partes. Vi também pedaços pequenos, quebrados, de partes que não identifiquei. Um quebra-cabeça com peças perdidas. O crânio machucado no topo, a costela incompleta e os ossos do quadril no centro, depois os dos braços, das pernas, dos pés.

Pode parecer estranho, mas os ossos e as estrelas estão intimamente ligados. Tinha descoberto isso numa matéria que li quando fazia pesquisas sobre a conservação dos esqueletos. Era o tipo de revelação que me deixava eufórica e excitada como uma criança de seis anos. Acontece que as estrelas também morrem. E acontece que a maior parte do cálcio dos nossos ossos foi gerada por elas.

Os elementos químicos que compõem o planeta e o nosso corpo foram produzidos no núcleo de estrelas e depois expelidos em supernovas, as grandes explosões estelares que ocorrem no fim da vida de uma estrela gigante. Sim, algumas estrelas entram em colapso e explodem antes de morrer. Durante a arrebentação, partes da ex-estrela — os restos da estrela — são espalhadas de forma violenta pelo universo e incorporadas em novas estrelas, planetas e seres vivos. Há bilhões de anos, estrelas explodiram e seus elementos se juntaram ao material que formou a Terra e aos átomos que compõem o corpo humano.

Existem algumas supernovas específicas, ricas em cálcio, cuja explosão provoca uma reação química que produz esse elemento. Essa seria a origem da maior parte do cálcio que existe na natureza e também nos nossos dentes e ossos.

Somos poeira de estrela, disse o astrônomo Carl Sagan. E então os artistas se puseram a criar poemas e canções sobre isso, quase um clichê. "We are all made of stars", diz uma música do Moby.

Nas prateleiras, mais ossos. Um deles estava unido a uma prótese metálica arredondada, acho que de joelho. Pensei na pessoa a quem um dia pertencera aquele remendo, uma única pessoa entre as mil e quarenta e nove encontradas em Perus; certamente não a Eva, que nunca tinha quebrado o joelho. Imaginei um homem andando de bicicleta um pouco distraído, os cabelos nem curtos nem longos se mexendo um pouco quando ele virava o rosto, a visão misturando o asfalto e o verde das copas numa mesma imagem borrada, um cheiro de fritura ou café saindo de alguma janela, depois um tombo e o mesmo homem numa sala de cirurgia operando o joelho, depois o homem com as mãos e os pés amarrados, uma bota preta pisando em seu rosto.

Antes de irem para as mesas de análise os ossos foram lavados, disse o arqueólogo, enquanto caminhávamos pela área das pias. A maioria deles estava em condições de ser limpos com água e uma escovinha como esta, continuou, pegando a escovinha com excesso de cautela, isso para deixá-los mais visíveis, para que a gente pudesse enxergar qualquer elemento que ajudasse a individualizar, encontrar, por exemplo, uma fratura ou marca na superfície do osso. Quando não era possível, nos casos em que o esqueleto estava muito deteriorado, fizemos a limpeza a seco. Todas essas pessoas foram lavadas e inventariadas, têm uma ficha, ele disse.

O arqueólogo me dava mais atenção do que eu achava que merecia e minhas pálpebras seguiam tremendo de tempos em tempos. Alguns ossos estavam perfurados, com cortes retangulares na superfície.

O que são esses buraquinhos nos ossos?, perguntei.

Ele me explicou que os pedaços que faltavam tinham sido retirados para a extração das amostras de DNA enviadas para análise no laboratório de Haia, na Holanda.

Depois me mostrou uma espécie de refrigerador onde ficavam armazenadas aquelas amostras, pedacinhos brancos em tubos com tampa azul.

Pensei no momento em que se dá o *match* genético no laboratório, depois de tanto tempo, tantos obstáculos, todas as informações se encaixando num segundo, como se a vida fosse simples, como se a morte fosse simples, o momento em que o corpo desaparecido começa a reaparecer, sem carne, mas com ao menos alguma materialidade, um nome, uma história, e o osso, que é o que sobra do corpo, que por sua vez é resto de estrela explodida, sendo enterrado com nome, deixando de ser resíduo para ser vestígio, rastro de passagem pelo mundo.

Ainda convivemos com esses restos. Nuvens de poeira cósmica também são resultado de mortes estelares. Há milhões de anos partículas de grãozinhos minúsculos caem sobre a terra e se espalham por todo lado, inclusive nos telhados das casas e prédios, nos tetos dos carros. Nossas cabeças podem estar agora cheias de pó extraterrestre. Nós também o inalamos, e o ingerimos sempre que comemos alface. É provável que tenhamos pedaços de estrela no intestino e nunca fomos alertados disso.

A supernova é um dos eventos mais brilhantes do universo. Durante o processo, a estrela adquire um brilho muito intenso e repentino para em seguida perdê-lo pouco a pouco. Toda essa impetuosidade, para uma estrela morrer. Primeiro ruído, potência, luz, depois calma, silêncio. Depois morte, depois nada. E as nossas cabeças cobertas de ruínas.

* * *

Voltei para casa de metrô. Enquanto eu me segurava na barra de apoio engordurada do trem, uma das pálpebras voltou a saltar. A cabeça doía. Fechei os olhos. Antes de abri-los, fiz um levantamento das coisas que tinha visto. Caveiras, morte, sacos, refrigeradores, tentando esgotar o conteúdo daquele lugar, como se aquele inventário pudesse me organizar por dentro. Como se conhecer a Eva pudesse salvar a minha vida. Como se uma Eva de pé tivesse o poder de constituir uma família que não fosse quebrada, e aquela briga do Nani com a Eva em 1972 não teria tido tanta importância, e aquela briga da minha mãe com o Nani em 1995 não teria nos afastado a todos, e o Nani ainda poderia se lembrar, e talvez até a tia Irene também estivesse viva, e eu e as minhas primas ainda seríamos melhores amigas, e eu seria uma mulher normal, muito mais determinada e nada improdutiva, e todos viveríamos num país normal com preocupações normais. Talvez eu estivesse obsessiva mesmo, como dizia o meu marido.

Mais uma relação curiosa: estrelas e buracos negros. Uma explosão estelar produz alguns objetos peculiares, sendo um deles a estrela de nêutrons, que é minúscula mas muito quente e densa, o outro é justamente o buraco negro, caso a estrela que morreu seja umas trinta vezes maior que o Sol.

Li isso no metrô enquanto voltava para casa. O título da notícia era "Satélite da Nasa registra estrela sendo devorada por buraco negro". Mas então o buraco negro é uma ex-estrela que mata uma estrela?

O registro deveria mostrar as forças gravitacionais do buraco negro destruindo a estrela, mas não vi nada que se parecesse com uma estrela morrendo, e isso me frustrou. O redemoinho brilhante rodando parecia uma dessas imagens projetadas nas paredes das casas noturnas enquanto escutamos música eletrônica e vemos pessoas suadas balançando a cabeça. Acho que prefiro pagode. Eu poderia dizer isso ao meu marido, gosto de pagode mesmo, não volto para Londres, fico aqui no buraco negro. Não sei que cara ele faria.

14. A história do tempo

Meu avô costumava dizer: não se pode viver de passado, quem vive de passado não vê a vida passando. Eu gostaria de ser como ele, conseguir me manter no tempo presente. Quem vive no presente é mais objetivo, olha para a frente, não passa horas pesquisando sobre astronomia na internet nem consulta o livrodosonho.com. Mas o puxador redondo da gaveta do móvel da sala estava quebrado e, desde 1987, me lembrava uma meia-lua. A imagem da Eva com os cabelos cobrindo o rosto. Os tacos soltos, a cor dos azulejos, o sofá rasgado, o Nani muito velho sentado nele, nada passava. O problema talvez seja o passado abandonado em estado de gangrena. A nossa memória suja escondida nos rodapés. Essa poeira não era tão antiga quanto a poeira cósmica, mas fedia a carne podre.

O Nani se movia pela casa como uma nebulosa, matéria interestelar, gás e poeira em suspensão se arrastando com o cansaço de uma estrela de treze bilhões e setecentos milhões de anos.

Parecia procurar alguma coisa. Que foi, Nani?, perguntei. Passava as mãos longas e finas sobre ambos os pulsos, depois as enfiava no bolso: não encontro meu relógio. E refazia o percurso inúmeras vezes com a mesma lentidão. Não encontro meu relógio, repetia com irritação vagarosa. Aqui, seu Ernani, disse a cuidadora, estava na pia do banheiro, eu não disse?

O relógio tinha um fecho de corrente dourada que sobrava em volta da sua munheca ressequida. Fazia anos que não funcionava, mas o Nani seguia querendo tê-lo sempre por perto, se desesperava se não o visse. Os ponteiros tinham ficado congelados em algum lugar do tempo, mais precisamente às onze horas e dezessete minutos de um dia antigo, embora, a depender de quando se desse o seu contato com os olhos, poderia parecer adiantado. Como naquele dia eu o via às duas da tarde, para mim o relógio indicava as onze horas e dezessete minutos da noite, me mostrava as horas do futuro.

Podemos imaginar esta cena: um arqueólogo do futuro escavando a área de um antigo cemitério e encontrando alguns restos humanos. Numa das ossadas — em volta do que foi um pulso, ou seja, o conjunto de oito ossos do carpo —, se depara com um relógio do passado. Se esse relógio existir mesmo e estiver em bom estado de conservação, com os ponteiros preservados, o arqueólogo do futuro poderá saber a hora exata em que o relógio parou de funcionar, o instante em que a bateria interrompeu sua atividade, provavelmente debaixo da terra, circundando um corpo já sem movimento e pulsação. Nesse momento, é provável que o arqueólogo esboce um sorriso: aquela memória ficou protegida, fossilizada. Embora não saiba em que ano a interrupção ocorreu, ao menos as horas se mantiveram como estátuas, ao menos algum tempo do mundo se deixou apreender.

* * *

Não dá para viver de passado, foi o que também disse a nova ministra do então novo Ministério da Mulher, Família e Direitos Humanos quando extinguiu o grupo que trabalhava com as ossadas de Perus. Não dá para viver de passado, queremos otimizar a Comissão de Mortos e Desaparecidos para que ela busque desaparecidos, mas os desaparecidos de hoje. E havia mais uma novidade, me contou o arqueólogo forense por mensagem, a reitora da Universidade Federal de São Paulo, à qual pertencia o Caaf, tinha acabado de receber por e-mail um pedido de transferência das ossadas para a Polícia Civil de Brasília.

Isso aconteceu um dia útil antes de mais uma audiência de conciliação com os familiares. Existe uma condenação judicial que obriga o governo federal a enviar recursos para identificar as ossadas, e as audiências acontecem de tempos em tempos para o juiz acompanhar o cumprimento da sentença. Minha mãe já tinha ido a algumas.

É uma bomba, ele disse.

Como assim, isso quer dizer que vão levar os ossos embora, enfiar de volta nos sacos e colocar num avião, eles podem fazer isso?, perguntei.

Vamos ver o que o juiz vai falar, respondeu. E sugeriu que eu também fosse ao tribunal na segunda-feira seguinte.

Aquela notícia me deixou mais ansiosa.

Voltei a ler sobre a Vala de Perus e voltei a abrir meu caderno florido. Tentei escrever a história daqueles ossos, uma história que não deixava de ser sobre o tempo — não o tempo que avança tranquilo, um jardim em constante florescimento, mas um tempo ao mesmo tempo aflito e moroso: alguém sentado, imóvel, encarando os ponteiros de um relógio, vendo os ponteiros comerem os minutos; o corpo de uma galinha encontrado sozinho no mato, o corpo de uma galinha antiga que escapou de virar comida e morreu de velhice; um fim de tarde vermelho; um amontoado de rosas retiradas da terra e deixadas fora do vaso com água para começar a apodrecer.

A *história dos ossos* — 1990 — Primeiro a vala foi descoberta, acharam as mil e quarenta e nove ossadas. Era preciso decidir o que fazer com elas. As famílias das possíveis vítimas não queriam que fossem para o IML e ficassem nas mãos de quem tinha ajudado a ocultar os cadáveres produzindo laudos necroscópicos falsos. Foram então para o Departamento de Medicina Legal da Unicamp. Três caminhões transportaram as ossadas do cemitério até Campinas.

O método utilizado foi o da sobreposição de imagens feitas por um programa de computador. Fotografavam o crânio do esqueleto, mediam a distância entre os olhos, o tamanho da testa, a posição dos ouvidos em relação ao queixo. Depois sobrepunham a imagem aos retratos das pessoas quando ainda vivas. Em 1991, reconheceram uma pessoa. Em 1992, outra. Funerais, comoção, duas tristezas mais táteis, menos esburacadas. Agora faltavam apenas mil e quarenta e sete esqueletos.

A maioria das ossadas, porém, tinha um número menor de similaridades para identificação por sobreposição de imagens. Primaveras-verões-outonos-invernos, uma mudança na prefeitura, outros problemas surgindo e se acumulando nas prateleiras empoeiradas das repartições. Fazia tempo que ninguém as visitava, os peritos ocupados com outros trabalhos, as pessoas que nunca deixam de morrer, as autoridades que já não eram tão chamadas para dar entrevistas e, se fossem, alegavam falta de recursos.

E então os sacos plásticos cheios de ossos úmidos e cobertos de fungos, uns sobre os outros, espalhados no chão. Um bocado deles com cadeiras jogadas por cima. Podemos imaginar o que mais, talvez traças, baratas, um gato de rua que gostava de se deitar naqueles pacotes pontudos, silêncio desconcertante e certamente muita poeira. As faxineiras tinham medo. Faziam o sinal da cruz e sentiam os próprios ossos congelar ao entrar ali. Mas a sala alagava nos dias de chuva e foram elas que passaram a correr para colocar os sacos sobre os móveis quando os primeiros pingos começavam a cair. Esses ossos não estão em paz, diziam. E rezavam.

    A notícia da tentativa de transferência das ossadas chegou bem no dia em que a Elisa vinha nos visitar. Fazia tempo que não nos víamos pessoalmente. Ela estava com uma bebê pequena e trabalhava muito. Eu ensaiei ir à sua casa duas vezes depois da minha volta ao Brasil, mas sempre acabávamos desmarcando. A Elisa também não dava as caras por ali fazia algum tempo. Disse que sentia saudades do Nani, mas às vezes pensava que era melhor não o ver naquele estado, ficar com as boas lembranças.
    Ajudei a minha mãe a pôr a mesa antes que a Elisa chegasse. Olhei para a mesa grande, com muitas cadeiras, que antes comportava muitas pessoas, depois olhei para a janela arredondada com a pintura descascada nas bordas. O problema — me pareceu no momento em que vi o braço da minha mãe fazendo sombra sobre um prato — era que entrava menos luz do que deveria.
    Protelei um pouco, mas comentei a história da transferência dos ossos e vi a minha mãe ficar nervosa e apoiar os copos e xícaras com força sobre a mesa. Eu já sabia o que ela diria na sequência: que era só o que faltava, que o Caaf tinha sido criado fazia só cinco anos, depois de mais de vinte de espera, para que

as pessoas pudessem ser finalmente reconhecidas, e agora já seria fechado, os ossos levados embora, largados de novo num canto qualquer, e ela estava cansada, ela estava exausta. Antes que começasse, tirei os talheres das suas mãos e disse que eu mesma iria à audiência e que eu mesma arrumaria a mesa.

Ela foi fumar no quintal. Minutos depois voltou com o cigarro aceso. Dedos rugosos, unhas pintadas descascando nas pontas, tudo como sempre tremendo um pouco: será que alguém ainda tinha alguma dúvida de que isso iria acontecer?

Abri a boca para dizer qualquer coisa, mas saiu apenas ar. Quando afastei os lábios de novo, ela me interrompeu: agora que tínhamos, sei lá, o mínimo, algum respeito.

E saiu andando de volta para o quintal.

A *história dos ossos* — 2000 — Depois de o médico-legista que coordenava os trabalhos virar réu numa ação por descaso e negligência, e confirmada a falta de perspectivas da Unicamp em relação a novas identificações, decidiram transferir as ossadas para um instituto ligado à Faculdade de Medicina da USP. Quatro delas foram enviadas em dezembro desse ano, enquanto as demais aguardariam em duzentas gavetas do ossário do Cemitério do Araçá. Mais contatos com os familiares para coleta de dados, os mesmos. Toda uma década colhendo amostras de sangue a cada três anos. Aquela sensação de já ter vivido no passado aquilo que se vive no presente. Primaveras-verões-outonos-invernos. Tudo mais ou menos igual, novos assuntos surgindo, as notícias se sobrepondo umas às outras.

Agora um esqueleto está estendido sobre uma bancada de cimento do instituto. É Quarta-Feira de Cinzas. Sentados em volta dele, o legista responsável e o irmão de um desaparecido acompanhado do advogado da Comissão de Familiares. Muitas explicações sobre como se dava o reconhecimento, coisas que todos estavam cansados de saber. O esqueleto ali em cima, esperando. Um silêncio estranho seguido de uma pergunta vulgar: você acha parecido com seu irmão? Acha que pode ser ele? O esqueleto, se pudesse mover a mandíbula, sorriria com o canto da boca de modo cínico, depois se levantaria e com seus ossos mais duros esganaria o legista. O irmão se indignou calado, pensou em responder "nunca vi tão magro" ou em partir para cima do legista, mas achou melhor ir embora.

A Elisa chegou com as duas filhas, uma no colo e a outra agarrada na mão. Usava roupas sérias, calça cáqui, camisa de linho. E eu de calça jeans e chinelo laranja. Ela era um ano mais nova, mas aquele dia me pareceu bem mais velha. Ou talvez fosse eu que me recusasse a amadurecer no tempo certo.

Elas pararam em frente ao buraco da garagem. Isso aqui está aberto assim até hoje?, disse a Elisa. A filha mais velha tinha os olhos grandes e uma franja curta. Apoiou as mãozinhas num cavalete, ficou na ponta dos pés e olhou para baixo. Depois se virou para mim: o que tem lá dentro? Eu e a Elisa sorrimos. Nada, filha, não tem nada lá dentro, disse a Elisa. Não sei, eu disse, vai ver tem alguma coisa. O que você acha que pode ser? A menina arregalou os olhos e os fixou de novo no buraco. Quis saber se algum bicho pesado tinha pisado ali. Eu disse que sim, um elefante. Depois entramos na casa.

O Nani gostou de segurar a bebê no colo. Sorria para ela e apertava os bracinhos, mas perguntava a cada quinze minutos quem era aquela menininha. Já ela olhava para a mãe ou para as coisas ao seu redor com uma cara de susto ou dúvida, como fazem os bebês. Agarrou a corrente dourada no pulso do Nani e curvou o corpo para pôr o relógio na boca. O Nani se assustou.

Nós todos, os que sobraram, e aquela mesma sala do passado. O meu rosto e o da minha prima antes tinham o mesmo tamanho que o da sua filha mais velha e agora eram maiores, com algumas linhas de expressão na testa e ao lado dos olhos.

1993 — A família sentada à mesa. Todos os lugares ocupados, avó, avô, pai, mãe, tio, tia, primas e até um casal de amigos da família. Uma alegria confusa e ruidosa. O Nani quer contar uma de suas piadas. É uma piada sobre o tempo, ele diz. "Na sala de aula a professora fala: Joãozinho, se eu disser 'fui bonita', é passado; se eu disser 'serei bonita', é futuro. E se eu disser 'sou bonita' é o quê? Joãozinho responde: é mentira, professora." Eu, a Elisa e a Laura rimos alto, queremos mais. Minha mãe e a tia Irene se entreolham, reviram os olhos. O Nani diz o que sempre diz quando elas se irritam com as suas piadas: não se pode mais nem rir para essas duas.

Mostrei os cadernos da Eva para a Elisa. Ela também achou uma maravilha. A filha mais velha perguntou: quem escreveu isso? Foi a Eva, a minha irmã, que também seria sua tia-avó, mas você não conheceu, disse a minha mãe. E o que está escrito?, ela quis saber. Eu falei da história da mulher que foge e das outras histórias menores. E por que a mulher está fugindo? Ninguém sabe, eu disse. A menina estava elétrica, não parava de falar: quem mora aqui?; a sua irmã também morreu de câncer?; o relógio do Nani está quebrado; por que a cortina arrasta no chão? Ajudava a quebrar o gelo, mas dava para sentir uma agonia escorrendo pelo ar como se fosse umidade, minha mãe se mexendo no sofá, nós querendo que aquele interrogatório infantil não durasse muito.

O Nani ouvia tudo quieto e às vezes ria quando todos riam. Não sei o que de fato ele entendia de tudo aquilo. Quando nos distraímos, a menina mais nova projetou o bracinho muito rápido, arrancou uma das folhas do caderno e a enfiou na boca. Foi uma guerra para conseguir recuperá-la. Com a folha amassada e babada nas mãos, senti uma espécie de dor. Devo ter deixado transparecer, porque a Elisa me olhou desconcertada. Eu disse que não tinha problema, guardei a folha arrancada dentro de um dos cadernos e os levei de volta para o quarto.

Voltei com o braço da boneca. Lembra dela?, eu disse, olhando para a Elisa. Ela ficou surpresa: meu deus, onde você achou isso? Antes que a menina perguntasse, eu o apresentei: esse é o braço da boneca Cassandra, eu e sua mãe brincávamos com ela. A Elisa disse que brincar era um exagero, que morríamos de medo daquilo. A menina me olhou com desprezo: que nome feio, disse.

O Nani ficou um pouco ausente depois que tiraram a bebê do seu colo. Segurei a sua mão e ajeitei seu relógio parado no pulso. Queria saber no que ele pensava, do que se lembrava, alguma coisa do passado ainda deveria frequentar a sua mente, talvez uma memória mais antiga. Não disse nada. Ele também não, mas deu uma gargalhada rouca quando a filha da Elisa estendeu o braço de plástico para cumprimentá-lo.

A história dos ossos — 2005 — Um terceiro desaparecido finalmente reconhecido. Foi preciso acionar o Ministério Público e obter uma ordem para enviar uma amostra a um laboratório particular. Tudo seguia paralisado no instituto: os recursos que nunca chegam, as pessoas que nunca deixam de morrer e de cometer crimes. Faltavam mil e quarenta e seis ossadas.

Um dia os ossos amanheceram espalhados pelo solo do Cemitério do Araçá. Crânios, fêmures, tíbias, mandíbulas e costelas no chão junto à sujeira da semana. Os funcionários do cemitério correndo para guardá-los rapidamente e evitar que os frequentadores, talvez crianças e idosos, se deparassem com a cena. Ou que cães famintos se interessassem por aqueles restos.

Parecia estranho, mas os esqueletos tinham sofrido um atentado. No dia anterior, um ato ecumênico em homenagem aos mortos e desaparecidos da ditadura havia sido realizado ali onde estavam armazenadas as ossadas de Perus. Na mesma data, no mesmo cemitério, uma cerimônia em homenagem aos policiais mortos no cumprimento do dever. Os PMs não gostaram. Comunistas de merda, disseram. E se incomodaram também ao ver ali uma instalação artística que homenageava terroristas mortos durante a Revolução de 1964. A obra amanheceu depredada. As tampas das gavetas mais próximas à entrada do ossário foram arrombadas. Por sorte, descobriu-se depois, os ossos de Perus tinham escapado. Estavam mais para o fundo.

Como está a sua irmã?, disse a minha mãe, um pouco hesitante, mas olhando fixo nos olhos da Elisa.

Não sei, tia.

A Elisa e a Laura não estavam mais se falando. Foram se afastando naturalmente após a morte da tia Irene. Depois discutiram nas eleições. A Laura agora morava em Florianópolis e estava casada com um médico.

Mais tarde, quando a bebê dormiu e minha mãe levou a menina maior para ver televisão, a Elisa perguntou como estavam as coisas. Contei sobre a discussão com o meu marido. Ela achou um absurdo a história do cartão de crédito, mas também não entendia por que eu ainda não tinha voltado.

Aqui está muito ruim, muito ruim mesmo, disse. Se eu fosse você, ficava em Londres, nem que fosse para trabalhar lavando pratos.

Ela também queria saber se eu não ia ter filhos, se não sentia falta do sexo, de dormir acompanhada, entrelaçando as pernas. Foi como se apenas naquele momento eu tivesse me lembrado de que isso existia. Eu sentia falta, mas de como as nossas pernas e corpos se misturavam tempos atrás. Nos últimos anos era como se elas se combinassem de forma mecânica.

Não deixe o pensamento escapar para o passado, muito menos para o futuro, me disse uma vez a professora de meditação, concentre-se no que está acontecendo agora: um ruído bem baixo da rua, o que você sente na ponta do dedão do pé, seu peito se movendo com a respiração.

No fim do dia, me deitei na cama, tentei ler um pouco, mas não consegui me concentrar. Abri o aplicativo de meditação. Consegui ficar alguns segundos imaginando uma mancha azul cintilante se movendo lentamente. Talvez fosse uma nebulosa. Não sei se vinha do passado ou do futuro.

15. A história da Eva — *1966*

Eva estava deitada na cama, uma faixa de sol tocava apenas metade de uma de suas pernas já compridas e finas. Escrevia no caderno. O pai abriu a porta do quarto e anunciou que tinha uma surpresa. Ela e as irmãs deveriam se arrumar para sair. Eva preferia ficar ali mesmo com o pensamento, o caderno e a faixa de sol, mas fez o que o pai dizia.

Entrou no carro com as irmãs e a madrasta e viu o pai dirigir por alguns minutos e parar em frente a um imóvel. Ele abriu o portão com as chaves que guardava no bolso e pediu que entrassem. Quando estavam na sala, disse que aquela casa agora era sua e que em breve se mudariam para lá.

A nova residência da família ficava no bairro da Mooca e por dentro era grande e um pouco estranha. Eva pensou que parecia um labirinto ou uma lombriga. As meninas, acostumadas a dormir juntas, passaram a ocupar as três suítes, cada uma decorada com uma única cor.

Em sua primeira noite na suíte cor-de-rosa, Eva foi escovar os dentes e se viu espremida pelo brilho rosáceo do esmalte dos azu-

lejos do banheiro. Retirou a prótese da cavidade ocular utilizando o polegar e o indicador, e a apoiou na palma da mão para umedecê--la com água oxigenada. Parou um instante para olhar de volta o olho que a encarava.

No quarto, acendeu o abajur e ficou algum tempo inerte sentada sobre a colcha rosa da cama. Vestia uma camisola igualmente rosa e tinha os seios endurecidos, pontudos. Entendeu que o sangue estava para descer e lembrou de quando ele escorreu pela primeira vez de dentro dela, do rastro vermelho na cama, do medo da morte. Pensou que era inadequada, e a culpa era da camisola rosa e do sangue vermelho. O colchão era duro, as coisas tinham cheiro de plástico novo e a boneca loira gigante a encarava sorrindo, sentada na poltrona com as pernas abertas, e então ela se sentiu também nova, artificial, endurecida.

16. Post mortem

O Tribunal Regional Federal da 3ª Região ficava na avenida Paulista. Subi de elevador até o décimo andar, como me orientaram na recepção. Fiquei um tempo perdida ali, ninguém tinha ouvido falar da audiência das ossadas. Mandei uma mensagem ao arqueólogo, que me indicou o décimo sexto andar. No salão, os participantes estavam sentados a uma mesa em forma de U: de um lado representantes do governo federal e da prefeitura; do outro, membros da Unifesp e da Comissão de Familiares; na ponta, o juiz. Vi o arqueólogo Francisco nos assentos reservados ao público e me acomodei ao seu lado.

O governo federal argumentou que a manutenção do Centro de Antropologia e Arqueologia Forense e o envio das amostras para Haia geravam muitos gastos e que a migração das ossadas para a Polícia Civil de Brasília traria uma grande economia. Os representantes da Comissão dos Familiares disseram que aquilo era inaceitável, que a transferência provocaria perda de tempo e novos atrasos na identificação dos restos mortais e que a troca na equipe, treinamento de pessoal, remoção e transporte adequado do material também gerariam gastos aos cofres públicos.

Eu me entediei algumas vezes. Enquanto um deles falava, peguei o olho da Eva, que tinha levado no bolso, e o olhei com a palma um pouco fechada. O olho me olhou de volta. Quando vi que o Francisco virava o rosto na minha direção, fechei a mão e tornei a guardá-lo. No fim, nada foi resolvido. O juiz determinou que o governo apresentasse um estudo detalhado com os valores a serem economizados, justificando a mudança.

Antes de sair de casa, me lembrei da foto da Eva que tinha visto na parede do Caaf. O peso daquele olhar, do olho normal e do olho postiço. Fui até a cômoda da sala e me fixei na foto do porta-retratos, a família no sítio em cima de um morro. A Eva com os cabelos cobrindo o rosto, ali nenhum olhar. Naquele momento, outra coisa me chamou a atenção: ela parecia ter algo numa das mãos. Um pedaço de papel um pouco amassado. Não era um lenço, tem uma espessura mais grossa, talvez uma folha dobrada, pressionada entre os dedos. Sim, um bilhete, uma carta, e ela parecia estar apertando aquilo com força.

Pensei no bilhete como um recado que a Eva entregaria a alguém. Quem? A ponte entre o que ela estava pensando e o resto do mundo. Uma coisa que ela cravou, converteu em matéria, em tinta de caneta Bic na folha branca (se é que naquela época já existia a caneta Bic), que deixou de ser ideia para existir no mundo. Algo que poderia ser encontrado por um arqueólogo do futuro, caso o papel não fosse só um resíduo e levasse tão pouco tempo para se decompor no ambiente.

Tive outra conversa difícil com meu marido por vídeo. Eu ainda sentia raiva da história do cartão de crédito, mas estava ligada a ele, mesmo que de forma fracassada. Meu último elo com a vida comum. Ter um lado afundado da cama para onde voltar, uma casa distante de casa. Eu gostava do cheiro da pele, dos olhos muito pretos e carregados, do formato da boca. Ou talvez fosse só covardia, insegurança, oportunismo.

Comecei contando o que tinha visto na foto, o bilhete que a Eva segurava.

E daí, ele disse, com um sorriso paternal.

E daí que eu queria saber o que estava escrito naquele papel, respondi.

Um veículo ruidoso passou pela rua e por alguns instantes impediu que continuássemos a conversa. Notei que já não me chateava tanto com a sua falta de curiosidade e então segui com a parte mais árdua. Uma amiga da época da faculdade tinha me oferecido um trabalho temporário, revisar textos para um aplicativo. Disse a ele que teria algumas reuniões presenciais no mês seguinte (o que não era verdade) e que depois poderia retomar o trabalho remotamente de onde quisesse. E também, prossegui, já estávamos no fim do ano, faria mais sentido passar o Natal e o réveillon no Brasil. Eu detestava o frio e não gostava de estar na Europa durante o período de festas. Perguntei se ele não queria vir, voltaríamos para Londres juntos em janeiro. Ele disse que não, que aquilo não estava nos seus planos. Uns segundos de silêncio. Era como se eu estivesse presa com um desconhecido no elevador.

Eu e o Francisco descemos juntos também em silêncio no elevador até o térreo do Tribunal Regional Federal. Saímos andando pela avenida. O que você acha que vai acontecer agora?, perguntei. Ele não fazia ideia. Tudo tão incerto. Não sabia nem sequer como seriam os meses seguintes, depois que terminasse seu contrato com o Caaf. Mesmo que o juiz negue a transferência das ossadas, disse, duvido que esse governo mande a verba necessária para o prosseguimento dos trabalhos. Naquela semana tinha pensado em se inscrever numa pós-graduação na França.

Viramos à direita e caminhamos um pouco mais. As ruas estavam cheias de cervejarias artesanais, hamburguerias, gelaterias italianas e pet shops. As calçadas seguiam esburacadas, os fios elétricos expostos. Perguntei se ele não queria tomar um café. Acabamos nos sentando num bar que era também cafeteria, mas bebemos cerveja.

A *história dos ossos* — 2014 — Depois do atentado às ossadas, era óbvio que elas não poderiam seguir no ossário do Cemitério do Araçá. Além dos trabalhos estarem paralisados, infiltrações, problemas de temperatura e de umidade, nenhum cuidado com a preservação arqueológica. Tudo isso poderia comprometer as moléculas necessárias para a análise genética e a identificação. Após muita briga política e judiciária, foi finalmente firmado um acordo com a Unifesp para a criação do Centro de Antropologia e Arqueologia Forense e um convênio com a Comissão Internacional para Pessoas Desaparecidas, unidade para análises genéticas instituída pela ONU.

Durante a videochamada com meu marido, eu vi o apartamentinho de Londres e nada mais parecia ser meu. Aqui fazia calor e eu gostava, mesmo com toda a umidade, minha blusa molhada de suor grudada nas costas. Quando ainda vivia ali, me lembrei, era como se houvesse linhas invisíveis delimitando nossos espaços. A escrivaninha e o escritório eram dele, exceto a estante de livros no canto da parede, que era minha. A poltrona de veludo da sala com certeza era minha e as plantas embaixo da janela também, minhas, ele praticamente não circulava naquela área. O lado esquerdo da cama, dele; o lado direito, meu.

Depois de encerrar a chamada, pensei que restavam ainda menos espaços comuns entre nós. Então me lembrei do frio, do dia em que nevou muito fino e nós ficamos em casa assistindo à reportagem sobre o casal dos Alpes Suíços.

Naquela manhã distante, notei que além do habitual frizz que consumia meus cabelos, eu tinha a cabeça coberta de grãozinhos brancos minúsculos. Pensei que fosse caspa, mas o Bruno disse que era neve. Não estava nevando na rua, eu disse. Não era comum nevar em Londres. Os deuses ingleses gostam mesmo é da chuva, simples assim. Quem quisesse ver neve que fosse para a Suíça, morrer soterrado pelo gelo, como o casal da reportagem, cujos corpos foram encontrados setenta anos depois.

Procurei aquela história na internet. A minha memória era mais romântica, lembrava que os dois tinham sido encontrados abraçados, mas na verdade só estavam deitados um ao lado do outro, muito próximos. Os corpos intatos por mais de meio século por conta do gelo.

Eles saíram para ordenhar vacas numa manhã de 1942 e deixaram os sete filhos em casa. Nunca voltaram. Foram procurados por algum tempo, mas ninguém achou os corpos nem vestígio algum deles. Desapareceram sem explicação. As crianças foram adotadas por diferentes famílias.

Setenta e cinco anos depois, uma geleira derreteu em razão do aquecimento global, e um funcionário de um resort com pistas de esqui avistou de longe manchinhas escuras no meio de um prado branco. Ele se aproximou e percebeu que se tratava de objetos antigos perfeitamente conservados: mochilas, garrafas de vidro, sapatos. Mais à frente, encontrou dois corpos que escaparam da decomposição: um homem e uma mulher deitados lado a lado, vestidos com roupas de época.

Se eu e o meu marido fôssemos atingidos por um desastre natural e muitos anos depois descobertos pelos funcionários de um resort, talvez nós também estivéssemos deitados lado a lado, mas de costas um para o outro, as colunas encostadas.

Uma vez eu disse a ele que estávamos distantes, mesmo que nossos ossos se tocassem durante o sono. Ele discordou, disse que não sentia o mesmo. Outra vez, enquanto discutíamos, falei que ele tinha virado uma pedra de gelo, que nem parecia mais ser brasileiro. Ele só respondeu que aquilo não era verdade e que eu estava nos estereotipando, que brasileiros não são sempre calorosos e receptivos.

A história dos ossos — *2016-2018* — O trabalho do Centro de Antropologia e Arqueologia Forense da Unifesp seria realizado nas seguintes etapas:

Ante mortem. Entende-se quem eram essas pessoas antes da morte e todo o histórico do material a ser analisado, o que aconteceu nesses diferentes processos de análise, pesquisa-se em arquivos públicos para entender como se davam as mortes e os ocultamentos.

Post mortem. Lava-se cada esqueleto para deixar sua superfície mais visível, faz-se um inventário ósseo rigoroso, procuram-se elementos que ajudem a individualizar, além de fraturas e traumas peri mortem (em torno do momento da morte) para entender se estão relacionados à possível causa do óbito.

As duas etapas são então cruzadas, e as amostras de DNA, enviadas para a análise genética.

Em 2018, mais duas pessoas foram reconhecidas. Uma delas foi devidamente sepultada por seus familiares. A outra, não. Como seu esqueleto estava armazenado numa caixa sem crânio, a família decidiu esperar a conclusão da perícia das demais ossadas, na expectativa de que o crânio fosse localizado. Havia caixas com cinco ou seis cabeças.

Depois das cervejas, eu e o Francisco passamos a tomar doses de cachaça. Nós dois com a cabeça perdida, sem conseguir pensar direito. Voltamos a falar em ossos, agora com menos cerimônia. Os esqueletos contam uma história, ele disse. E nós precisamos estar preparados para escutar. É isso que fico tentando fazer. Primeiro lavo osso por osso e os coloco nas peneiras para que terminem de secar. Depois monto o esqueleto limpo sobre a mesa de análise. E escuto. Às vezes entendo alguma coisa, outras vezes me frustro.

E que tipo de coisa o esqueleto te conta?

Conta sobre quem foi, que tipo de vida tinha. Dá para a gente presumir, olhando para os ossos, a altura, a idade, o sexo, o tipo de vida que tinha, se tinha condições de cuidar dos dentes e das fraturas, por exemplo. Às vezes o esqueleto conta também como morreu. Isso quando conseguimos entender alguma coisa pelas marcas deixadas nos ossos.

Eles devem se queixar muito, eu disse.

Ele riu.

Pensei que aquele trabalho devia ser interessante, o arqueólogo de luvas brancas segurando cuidadosamente um ossinho raquítico na palma da mão, escutando as suas lamentações. Em seguida, a cena me pareceu muito triste, de muita solidão. A voz do esqueleto bem baixa, um sussurro anêmico. Imaginei ainda a fala áspera do esqueleto da Eva, o que ele gostaria de dizer, se ela teria algo a acrescentar a esta história.

Hoje de manhã fiquei intrigada, eu disse. Encontrei um pequeno papel amassado na mão da Eva na fotografia que temos em casa. Nunca tinha reparado nele. Ninguém sabe o que era, a foto é antiga. Vai ver não era nada importante mesmo.

Ele me olhou com cara de quem não sabia muito o que dizer. Mudei de assunto, contei a história do casal dos Alpes Suíços, de seus corpos totalmente conservados pela neve, das roupas e dos objetos intatos.

Ele achou a história bonita. Disse que a equipe também encontrou algumas coisas nos sacos das ossadas de Perus. Muitas vezes, coisas que eles não esperavam encontrar: cabelos, unhas, muitos terços. De vestuário, principalmente meias. Um ou outro pedaço de tecido. E botões, vários botões. Em algum momento, numa das inúmeras mãos e centros pelos quais os esqueletos passaram, alguém achou que podia jogar as roupas fora. O Francisco pôs as mãos na cabeça e bebeu mais um gole de cachaça. Eu também bebi.

Então perguntei sobre o olho da Eva, ou melhor, sobre a ausência dele. Como não tinha pensado nisso antes? Mostrei ao Francisco a prótese que levava no bolso. Era uma prótese reserva, expliquei, como minha mãe tinha dito. Com certeza havia outra fixada à sua órbita ocular quando Eva desapareceu.

Para o Francisco, a ausência do olho não deixaria nenhum sinal no crânio da Eva capaz de facilitar a identificação, ainda mais considerando o estado de deterioração daqueles ossos. A não ser que tivessem encontrado a prótese junto à sua ossada. O olho falso pode ter desaparecido no meio da vala, disse, pode ter se perdido nos vaivéns entre as instituições, ou ainda, o que é mais provável... e fez uma pausa um pouco constrangida, ou ainda no centro de tortura.

Guardei o olho da Eva no bolso e esfreguei o meu, bebi

mais um gole de cachaça. Vi os postes de luz, a tarde que começava a cair, os nossos pés lado a lado. Notei que estava um pouco tonta. Senti que era bom estar viva.

Pela primeira vez o Francisco me pareceu bonito. Tinha uma cicatriz pequena bem abaixo do lábio que ficava meio escondida pela barba. Os cabelos desgrenhados que lembravam os de um menino voltando de uma partida de futebol, uma única ruga cansada no meio da testa. Ele me olhou um pouco acanhado. Tentei não me fixar muito em seu olhar, porque o seu acanhamento também me constrangia.

Vimos outras fotos do casal dos Alpes Suíços. Mostravam mais coisas envolvidas em panos velhos: um relógio de bolso e algo que nos pareceu um pedaço de pedra calcária. Não havia legendas. Aquela pedra nos intrigou. Eu queria saber o que era. O Francisco não fazia ideia.

Nos despedimos um tanto bêbados e com um abraço retraído, porém mais demorado que o normal.

Voltei para casa pensando nas etapas do amor:

Ante mortem: sente-se uma inclinação inexplicável pelo outro, desejo de juntar as peles e até os ossos, coragem de soltar o corpo nos braços alheios, uma agitação da alma, os hormônios revirados, dopamina e ocitocina, euforia e depois apego, tudo aquilo que ninguém nunca conseguiu descrever de modo satisfatório.

Post mortem: percebem-se as espinhas e peles distantes, a falta de assunto, de curiosidade, os hormônios meio dormentes. Quando a ruptura é abrupta: síndrome do coração partido, também chamada cardiomiopatia do estresse. Quando a ruptura é lenta: negação, insônia e gastrite. Muito tédio ou excesso de cortisol.

Já de volta ao quarto rosa, encontrei um link que mostrava em detalhes as imagens do casal dos Alpes Suíços. A pedra não era pedra, e sim um livro, não sei como não tinha me dado conta: páginas claras e coladas, uma capa acinzentada. Eu nunca saberia que livro era aquele, e isso também me angustiou. Seria uma Bíblia *pocket*, *O morro dos ventos uivantes*, o *Guia prático para o fazendeiro*? Que palavras eles carregaram naquela última caminhada?

Vi também uma garrafa de vidro. Desejei que ao menos fosse uma garrafa de vinho, que, por favor, não fosse de leite ou suco de maçã. Teria sido bom se eles tivessem tido tempo de beber alguns goles juntos.

A filha mais nova do casal, então com setenta e nove anos, disse que a notícia da descoberta dos corpos dos pais lhe trouxe um profundo sentimento de calma. Ela organizou um funeral e vestiu os dois corpos com roupas brancas.

17. Fugir

O trabalho que comecei a fazer não era muito glamuroso. Consistia em revisar os textos de um futuro aplicativo de citações. Quando estivesse pronto, a pessoa que o instalasse poderia buscar uma citação por "tema" ou "autor", além de receber diariamente frases inspiradoras de autores famosos. Também seria possível baixar cards com as frases, quase sempre com paisagens ao fundo, para compartilhá-los nas redes sociais.

Deve ser mais leve a vida de quem gosta de receber essas frases no celular. Imagino a pessoa lendo uma citação enquanto toma café da manhã, refletindo brevemente sobre ela antes de esquecê-la e ir cortar as unhas ou assar um frango. Não era um aplicativo que eu teria, mas enfim ganharia algum dinheiro e meus dias deixariam de ser só ruminação. Já era alguma coisa.

Quando você faz algo que exige concentração, por exemplo, trabalha, é como se os pensamentos mais pegajosos e inoportunos se afastassem por alguns instantes. Como se a sua consciência, e por que não você mesmo, desaparecesse momentaneamente. Desaparecer assim, por um tempo delimitado, pode ser bom. O mesmo acontece quando você fecha os olhos e por alguns segundos não precisa praticar o esforço de existir.

Fugir é outra forma de desaparecer. Nesse caso, a pessoa só desaparece para quem não a encontra, para quem fica. Pensei que se a Eva tivesse fugido, como fez a personagem da história que ela escrevia, teria desaparecido ilusoriamente, e seguiria existindo. Depois me lembrei do dia da minha fuga e é claro que me desconcentrei. Fiquei pensando em tudo que aconteceu depois.

Acho que tive aquela ideia depois de assistir ao *Globo Repórter*. Era para a reportagem sobre a Vala de Perus ter ido ao ar cinco anos antes, em 1990, quando filmaram a abertura, mas de última hora foi substituída sem nenhuma explicação.

No dia em que o programa seria finalmente transmitido, notei minha mãe ansiosa, com suas pernas e mãos inquietas e desajeitadas. Depois do jantar, também me sentei em frente à TV com meu pijama listrado à espera do fim da novela, mas ela não sabia, talvez não fosse bom eu ver aquilo, poderia ser pesado. Eu me irritei, disse que não era boba, que já tinha onze anos, que eles me deixassem entender de uma vez por todas aquela história.

1995 — Descobri onde a Eva está, digo agitando as pernas. Mas então ela não morreu?, pergunta o Ricardinho. Estamos sentados nos degraus que dão acesso à padaria. Tenho entre os dentes um Bubbaloo muito rosa e doce. Abro o saquinho de papel e ofereço um para o Ricardinho. Ele me encara com um sorriso grande demais para quem está apenas aceitando uma goma de mascar, e puxa a embalagem com os dedos sujos. Tento explicar o que vi na TV: os militares abriram um buraco grande num cemitério e jogaram os mortos ali. O Ricardinho não entende, todos os mortos vão mesmo para o cemitério. Digo que é diferente, que ninguém sabia que estavam ali, que aquelas pessoas tinham sido assassinadas, pronuncio "as-sas-si-na-das" bem devagar. Eu quero ir, eu vou até lá. O Ricardinho faz uma bola perfeita com o chiclete, paramos uns segundos, esperamos que explodisse. Nunca vão deixar você ir. Eu sei, mas vou mesmo assim. Então ele diz que vai comigo, para me proteger.

Era a primeira vez que eu andava de transporte público desacompanhada. Disse aos meus pais que passaria a tarde na casa de uma amiga, que a mãe dela nos buscaria na escola. O Ricardinho apareceu no ponto, como combinado.

Nem sempre gostávamos do Ricardinho. Ele atrapalhava, não entendia a brincadeira. E se irritava com as nossas ordens, batia a cabeça na parede. Tinha muita energia. Outras vezes, sentíamos pena dele. Um dia a mãe do Ricardinho bateu na porta da casa com uma voz fina e um pouco chorosa, pediu emprego para o marido, o Ricardo pai. Meu avô o contratou para trabalhar na demolidora. Era uma espécie de faz-tudo.

Não gostei muito de vê-lo no ponto. Tinha esperança de que não viesse, me arrependi de ter dividido meus planos. Eu vestia minha blusa preferida, uma regata branca com listras vermelhas, e me sentia suficiente, uma fugitiva livre. Seria melhor fazer o caminho sozinha, eu e a história da Eva, que era minha. Entramos juntos no ônibus, de qualquer modo.

1995 — Passamos por baixo da catraca. O cobrador nos encara, tem olhos com veias avermelhadas e uma mancha na bochecha. Não diz nada, parece cansado. O plano é descer no ponto final, o lugar mais longe da cidade de que eu ouvi falar.

Chegando lá, é só perguntar onde fica o cemitério, dizer que vou visitar o túmulo da minha avó ou de algum outro familiar velho. Vejo algumas coisas: fachadas de cores diversas que com o movimento se transformam num borrão de arco-íris, postes, fios elétricos, troncos, cabeças pretas, brancas, marrons e loiras, pedaços de ombros, queixos e orelhas, algumas letras, rodas, sacolas coloridas. Tudo parecido com o que já conheço, mas também novo. Cravo os olhos numa mulher muito séria de cabelos lisos e negros, desejando que ela fosse a Eva.

Trabalhei algumas horas e parei um pouco para me alongar. Caminhei pelo quarto, chequei o buraco pela janela, fui buscar um copo d'água na cozinha.

Eu sabia que algumas das citações que revisava eram atribuídas erroneamente aos autores. Pensei que Gandhi, Benjamin Franklin e Virginia Woolf poderiam ficar furiosos em seus fossos, carcomidos e reduzidos a matéria arqueológica, além de atormentados com a memória falsa ou simplificada que criamos deles, com seus pensamentos convertidos em frases motivacionais ou de efeito.

Me desconcentrei muitas vezes. Pegava o celular e olhava o relógio ou o Instagram, me deixava interromper pelos pensamentos, olhava de novo para o buraco pela janela só para ver se ele ainda estava lá.

Abri o caderno e li um trecho da mulher que foge. Ela caminha por uma estrada e encontra um trem caindo aos pedaços numa ferrovia abandonada. Um dos vagões tinha sido transformado em depósito: ferramentas, rodas, peças de ferro. Ela entra e se acomoda num assento mais ou menos preservado. A locomotiva não se move, nada acontece e ela não chega a lugar nenhum.

Mais pensamentos que iam e voltavam. O que eu me lembrava e não me lembrava do dia da minha ida a Perus, a parte que eu mesma perdi desta história. O rosto passivo do meu marido. A distância entre nós talvez fosse coisa de momento, eu poderia voltar para Londres depois das festas, uma nova fase, uma nova pessoa. O dia em que eu e o Francisco nos sentamos no bar depois da audiência, a cicatriz abaixo do lábio que aparecia de relance sempre que meus olhos ficavam fechados por mais de um segundo.

1995 — Consigo me sentar na janelinha, como gosto. O Ricardinho ao meu lado. Ele segura a minha mão e não larga. Fala que agora gosta de mim. Sinto orgulho, depois vergonha, depois aversão. A mão dele é pegajosa e minha cabeça dói. Encosto no vidro da janela e fico algum tempo sem me mexer, minha mão ainda presa pela sua. A mulher que quero que seja a Eva se levanta. Puxo a mão, me desvencilho do Ricardinho. Os meus olhos se encontram com os da mulher, eu ainda querendo saber em que ela pensa, ela talvez querendo saber o mesmo de mim. Segue me fitando nebulosa, com pouco brilho. Prendo a respiração. Ela puxa a cordinha, desvia de dois corpos murchos, desce sem se virar. Depois, muitos minutos de monotonia e tédio. A viagem é interminável e nós dois adormecemos: a cabeça do Ricardinho caída incômoda no meu ombro, a minha no vidro. Então sinto um tranco, o ônibus dando um último suspiro, como se também morresse. Abro os olhos e vejo que chegamos ao ponto final.

Tentei ligar três vezes para o meu marido. Ele não atendeu. Algum tempo depois, me ligou por vídeo. Disse que estava trabalhando muito e que na semana seguinte viajaria para Istambul. Primeiro seu rosto me pareceu bonito, depois pálido, depois en-

tediado. Atrás dele, vi um pedaço da sala, a luminária de chão, minhas plantas murchas e opacas.
Você não está molhando as plantas?
Estou sim.
Não parece.
Então reparei que o sofá não estava onde sempre esteve, assim como a mesa de jantar, o aparador, a luminária. Senti tontura, como se a vista estivesse embaralhada ou a sala fizesse parte de um sonho. Apertei os olhos.
Mudou os móveis de lugar?
Sim.
Por quê? Não ficou bom.
Não sei, deu vontade. Por que não ficou bom? Eu gosto assim.
Depois de nos despedirmos, me sentei na cama e esperei pelo pequeno tremor, que não demorou muito a se manifestar. Fiquei pensando que minha fuga para o Brasil tinha sido inconsequente. A luz do sol começou a diminuir, o quarto pareceu menos rosa e mais vazio, uma quietude inútil. Senti um ar gelado que era como deixar coisas para trás, perdê-las para sempre.

1995 — Tiro a cabeça do Ricardinho do meu ombro. Ele não acorda. Resolvo saltá-lo, descer do ônibus e deixá-lo ali. Vejo pela janela seu rosto tombado, quase caindo, a boca aberta. Agora fujo de tudo, também dele. Sigo em frente acompanhando um muro azul, atrás de um cachorro manco. Uma perua bege abandonada, uma casa completamente branca. Desço uma ladeira, o sol queimando o couro cabeludo. Caminho por muito tempo, não encontro cemitério algum. Uma senhora baixa e uma mulher de óculos conversam apoiadas num poste. O cachorro lambe minha perna. Aquelas duas parecem ser confiáveis. Pergunto onde fica o cemitério. Elas respondem: que cemitério? Depois entendem e dizem que o Cemitério Dom Bosco fica longe dali, que o bairro de Perus é grande e seria preciso pegar outro ônibus. A maior tem um penteado estranho, meus cílios ficam um pouco úmidos, ela quer saber onde estão meus pais, não deixo cair nenhuma lágrima, a senhora pequena segura meu braço, me desvencilho dela, digo que já vou indo.

As citações estavam dispostas por ordem alfabética. Cada letra num arquivo. Voltei à escrivaninha e procurei a letra F, fui até a palavra "Fuga". Li uma citação:

A *fuga nunca levou ninguém a lugar nenhum.*
Antoine de Saint-Exupéry

Todo mundo sabe disso, pensei, e me cansei daquelas frases. Desliguei o computador.

Procurei uma desculpa para escrever para o Francisco. Mandei uma mensagem perguntando se havia alguma novidade sobre a transferência das ossadas. A resposta foi não, nenhuma novidade.

Ele quis saber se eu tinha descoberto o que era o papel amassado que a Eva segurava na foto. Eu nem me lembrava mais daquilo, mas senti uma alegria discreta por ele ter perguntado. Nada, respondi, acho que nunca vamos saber.

Que pena, ele disse.

O assunto se encerrou, achei que não valia a pena prolongá-lo.

Fechei os olhos e tentei me lembrar do rosto daquele menino estranho, o Ricardinho, me perguntei onde ele estaria hoje. Tive uma ideia: procurá-lo nas redes sociais.

Encontrei diferentes perfis com o mesmo nome, era um nome comum. Quando já estava desistindo, entrei na página da paróquia que frequentáramos e o encontrei entre os seguidores. Dava para reconhecê-lo pela foto, o rosto maior, as bochechas caídas, mas os mesmos olhos, os mesmos lábios finos, quase o mesmo cabelo. Rolei a página e vi as duas primeiras fotos: uma mostrava um menino vestindo um uniforme completo da Seleção Brasileira. Deve ser o filho, pensei. Na segunda imagem, reconheci o Ricardinho de óculos escuros, com uma barriga proeminente. Ele estava em frente a um clube de tiro e posava com uma arma na mão.

1995 — Desço a ladeira e pego a rua com a casa branca, quase piso numa fileira de formigas. Algumas delas carregam o corpo de um besouro. Já não sei onde estou. Entro numa rua e o caminho também não parece ser por ali. As ruas são todas estreitas, idênticas. Poucas pessoas. Sigo por uma viela interminável e tenho esperança: quando chegar ao fim dela, algo de novo acontecerá. Caminho mais um pouco e me deparo com outro muro. Conto até cem e descanso meus olhos de todas as coisas. Quando abro os olhos, noto que o cachorro partiu. Levanto e grito "cachorro!". Ele não volta. Estou sozinha. E a Eva morreu, penso, mataram ela. A vida não é boa como diz o Nani, e a vida não é bonita como afirma a música que meu pai gosta de escutar, o homem da música repetindo três vezes que é bonita, mas não, as formigas carregando um besouro morto, o sol começando a se pôr, um saco de lixo preto e um caminhão caindo aos pedaços. Um vento frio. Num muro, eu agora vejo escrita a palavra "sangue" com tinta vermelha.

Não me lembro de muitos detalhes da volta para casa. Apenas que chorava quando uma mulher ofereceu ajuda. Depois uma casa escura, um telefone.

Um carro de polícia estava na porta da casa e os olhos do Nani tinham manchas vermelhas. Eu olhei para baixo, tive vergonha. Ele entrou na casa sem me dirigir a palavra. Senti uma única fisgada. Na verdade, uma patada grossa no peito. Meu pai me abraçou e disse algo como: o que foi que te deu, nunca mais faça isso. Minha mãe também me abraçou, mas depois apertou muito forte o meu braço.

Os dias seguintes foram estranhos. Meu avô voltou a falar comigo como se nada tivesse acontecido, não tocou mais no assunto. Quando ia visitá-lo, já não podia ver o Ricardinho. O Nani lidava com os problemas de uma forma um pouco esdrúxula. Dessa vez demitiu o Ricardo pai. Pôs na cabeça que a culpa era do moleque. O rosto amargo da mãe do Ricardinho na padaria. Ele sem me olhar nos olhos, eu sem coragem de pedir desculpas.

Foi como se uma fase da vida tivesse terminado ali. Minha mãe prestava mais atenção quando eu falava, mas tudo era dito de uma forma diferente, mais sóbria, como se eu tivesse crescido anos durante as horas que passei sozinha. Uns dias depois, aquilo que eu nunca entendi direito: minha mãe e o Nani romperam de vez, já não se viam e não se falavam. Meu pai me dizendo: sua mãe e o seu avô estão chateados um com o outro. Um dia vai passar. Não se preocupe, você ainda pode ver seus avós quando quiser.

Os encontros foram ficando mais rarefeitos, de qualquer modo. Eu cada vez mais silenciosa, uma peça de ferro quadrangular bloqueando a passagem das perguntas pela traqueia, impedindo até que eu soubesse que perguntas eram aquelas. Também fui me desinteressando daquela história, me encontrando com outros incômodos. Ou talvez fosse apenas o tempo passando, meus ossos esticando, o pequeno caroço crescendo debaixo do mamilo, a pele oleosa e cheia de acne. Aprendi a me locomover sozinha pela cidade, mas esqueci o cemitério. E aquela época também se perdeu, se extraviou, deixou de existir.

18. As possibilidades

Acordei com barulho de furadeira e de vozes masculinas, pios de passarinho entre uma perfuração e outra. Estavam instalando os novos aparelhos de ar condicionado da pousada.

Tinha decidido passar o Natal e o Ano-Novo no litoral com o meu pai, as coisas pareciam um pouco mais leves. As ossadas não foram levadas para Brasília. O juiz negou a transferência, disse que o governo não apresentava nenhum estudo que a justificasse do ponto de vista econômico. Mas tudo continuava difícil, como sempre. Poucos funcionários, verba nenhuma. De qualquer modo, foi bom dar um tempo da Eva, do Nani e da minha mãe. Do buraco da garagem e do buraco de Perus.

Lavei o rosto e desci para tomar café. A argentina loira com quem meu pai se casara estava carregando uma bandeja com pedaços de mamão e me deu um sorriso forçado. Usava uma maquiagem carregada para uma manhã de sol litorânea. Meu pai tinha saído para resolver umas coisas no centro, ela disse. Comi algo e revisei algumas citações sentada a uma mesinha de plástico em frente à piscina. Depois do almoço, saí para caminhar.

Vi a fachada da pousada pintada de azul-royal e um letreiro improvisado num pedaço de madeira. Bandeirinhas de vários países penduradas acima do portão de entrada. Ruas estreitas com muitos carros, padarias e supermercados com letreiros enormes, fios elétricos entre bananeiras e coqueiros. Depois o clarão da praia e o mar com seu movimento específico, um descanso do mundo.

Pisei na água, senti a areia grudada na sola dos pés e caminhei até a ponta da praia, alternando a visão entre um ponto fixo do mar e o que encontrava no chão, pedaços de conchas, restos de caranguejos e siris, uma espinha de peixe sem olho, que me encarou afundada no solo quente. Lembrei da imagem pixelada do rosto da Eva que o Francisco tinha me mandado por WhatsApp no dia anterior, a foto da foto que estava colada na parede do Caaf. Seguíamos trocando mensagens, mas às vezes o assunto morria e eu não sabia mais o que dizer.

Olhei de novo para baixo e fiquei tentando focalizar um único grão minúsculo de areia, mas eu tenho astigmatismo e o número era infinito: o tempo depositando camadas e mais camadas dessas micropartículas sobre a praia.

Estava tentando não pensar muito na Eva naqueles dias, mas fiquei estranhamente feliz ao ver de novo aquele rosto desconhecido e familiar. Também foi bom receber uma nova mensagem do Francisco. Sorri. Depois pensei no subterrâneo da praia, no que haveria debaixo de toda aquela areia, além de mais camadas antigas de areia. Tive medo de ser sugada por uma eventual fissura que se abrisse repentinamente no solo. O desconhecido é sempre terrificante. Como não entender o passado, como não saber o que vai acontecer no futuro.

Era o último dia do ano. A praia estava lotada e ruidosa, e mulheres vendiam rosas brancas para serem jogadas no mar à meia-noite. Me sentei debaixo de um guarda-sol e pedi uma cerveja. Segundos depois já estava com o celular na mão fazendo pesquisas sobre a areia da praia.

Parei para ver mais uma vez o movimento das ondas e logo em seguida voltei a pegar o celular. Li títulos de notícias: "Processo de impeachment de Donald Trump desgasta imagem do Partido Republicano"; "Ministério Público investiga operação policial que causou mortes em baile funk na favela de Paraisópolis"; "Papa fica irritado após mulher puxar seu braço no Vaticano"; "OMS é alertada sobre um surto de pneumonia na cidade de Wuhan, na China"; "Caixa sorteia daqui a pouco a Mega-Sena da Virada".

O dia estava abafado, embora o sol às vezes se ausentasse. Decidi dar um mergulho e flutuei sobre a água de barriga para cima com os ouvidos imersos. Nuvens pretas no céu. Fechei os olhos e fiquei escutando o ruído secreto do fundo do oceano, que às vezes se misturava aos pedaços embaralhados de frases revisadas por mim naquela manhã, uma voz distante e professoral: nós somos o que pensamos; não ganhe o mundo e perca sua alma; a natureza não faz milagres, faz revelações; quem não sabe o que é a vida, como poderá saber o que é a morte?

Os grãos de areia surgem a partir do desmanche milenar de rochas das serras próximas à praia. Depois de passar milhões de anos sendo arrancada da pedra pelo vento e pela chuva, essa mistura granulosa e muito antiga é arrastada até o rio, que por sua vez a deposita no mar para que se junte a restos de conchas, algas e animais, e enfim cumpra seu destino de pavimento praiano. E tendo sustentado a praia por mais milhões de anos, o grão de areia também morre, como se fosse estrela, como se fosse gente. Encoberto pelo peso enorme de novas camadas e camadas de areia, cada grão morto desce então às profundezas, milhares de metros abaixo dos nossos pés, e volta a ser pedra, formando o assoalho oceânico.

Em breve começaria a chover, pensei, seria melhor voltar para a pousada. Nesse momento, avistei o meu pai de calção estampado superando as ondas na minha direção. Quase todo dia nos encontrávamos ali, no meio das ondas, e falávamos sobre os mais diversos assuntos. Ele ficou intrigado com os cadernos da Eva depois que mencionei a história da mulher que foge. Mas por que ela estava fugindo?, perguntou. Não sei, eu disse, a história fica sem conclusão.

Meu pai superou as ondas, afundou a cabeça na água e nadou por cinco segundos, ou três braçadas, depois veio até mim e se pôs a falar. Disse que tinha tido uma ideia na noite anterior, que eu deveria terminar as histórias da Eva, a história da mulher que foge. Não sei, acho que não, respondi, para mim a história não faz muito sentido, eu não saberia como terminar.

Seguimos falando sobre alguma outra coisa, enquanto nossos corpos balançavam com o movimento do mar, até chegarmos ao assunto do meu casamento. Então ele ficou um pouco embaraçado e pareceu inábil, exatamente igual à minha mãe. Às vezes as pessoas se afastam, ele disse, enquanto olhava primeiro para baixo e depois para cima. Acontece. Mas vai dar tudo certo, de um jeito ou de outro vocês vão se acertar.

Enquanto falávamos, meu pai segurava uma concha, que de tempos em tempos alisava com os dedos. Era igual à concha gigante que ficava em seu quarto quando ele e minha mãe ainda viviam juntos. Segundo me contavam, meu pai tinha encontrado a concha numa praia da Bahia e trazido para a minha mãe pouco antes de se casarem. Eu às vezes tentava visualizar aquela cena: meu pai segurando a concha com as duas mãos, os pés bem juntos, colados um no outro. Minha mãe estendendo os braços para recebê-la, uma tremedeira leve, não por emoção ou o que quer que fosse, mas porque suas mãos sempre tremeram assim. Algum olhar entre eles, talvez um sorriso. Aquele enredo, na verdade, parecia artificial, mas nunca pude imaginar uma trama melhor. A concha foi deixada sobre a cômoda do quarto e ninguém nunca mais se lembrou dela.

Caíram algumas poucas gotas de chuva, mas o vento logo afastou as nuvens pretas para longe. Mesmo assim, a praia já se esvaziava, as pessoas indo para casa tomar banho e se vestir com roupas brancas. O dia tinha mudado de cor, uma tonalidade mais fosca tingia o panorama; apesar disso, era possível enxergar melhor: todos os ambulantes, a barraca do Renato, três adolescentes jogando futevôlei, um menino barrigudo fazendo graça na areia e rebolando para os irmãos. Eu e o meu pai rimos e sentimos o vento quente grudando no rosto molhado, o corpo mole e flexível querendo se soltar. Nossos dedos brancos e enrugados. Descrevi a cena que acabava de me lembrar: ele tentando me tirar da banheira da casa da Mooca, eu com os dedos enrugadíssimos, parecendo uma velhinha, chorando por ter que sair dali. Ele também se lembrava.

Então meu pai disse: 2020 vai ser um ano bom, você vai ver. Estou sentindo que as coisas vão melhorar.

Nós dois éramos os únicos que ainda estavam na água.

Sonho — 06/01/2020 — Parece que estou no fundo do oceano. A cor da água é artificial, de um tom muito vívido, próximo ao azul-royal, como se fizesse parte de uma pintura. Talvez eu esteja dentro de uma pintura, é possível ver as marcas das pinceladas. Mas, não, estou na parte mais profunda do mar, um mar revolto, que agora me dá socos de água, me faz perder o controle do corpo, me gira em volta de mim. Em algum momento, consigo me agarrar a uma grande pedra e sair do redemoinho, apoiar os pés no assoalho oceânico. Solto a pedra e tento mover as pernas. Dá para caminhar se eu fizer um pouco de força. Mais adiante, encontro uma concha com uma pérola. Aliso-a com a ponta do dedão. A água volta a me remover e açoitar, depois me cospe para a superfície. Uma mulher de cabelos longos e brancos está à minha espera. Ela diz que a concha não me pertence, fala como se eu estivesse tentando roubá-la.

Não sei por que o primeiro sonho que tive depois de voltar do litoral foi tão desagradável. Vi o quarto rosa da Eva quando abri os olhos e senti um desconforto generalizado. Desci para tomar café e fiquei cutucando uma cutícula com a unha até sangrar. Levei a mão à boca, chupei o sangue.

Significado de sonhar com mar
Sonhar com mar calmo simboliza notícias que virão de longe e serão bastante agradáveis.
Sonhar com mar revolto simboliza problemas à vista, que só serão resolvidos com muita calma.

Por telefone, descrevi o sonho ao meu marido. Foi só um pesadelo, ele disse, você não precisa dar tanta importância a isso.
Abri a geladeira procurando algo que não sabia o que era. Na dúvida, peguei uma longneck. Escutei o estalo da tampinha se

desprendendo, fechei os olhos e esperei por um pensamento mais arejado. Fui até a sala e me sentei no sofá ao lado do Nani, com a cerveja entre as coxas. Ele aparentava estar dormindo, mas abriu os olhos assim que me sentei. Estava abatido. Não riu quando alisei com os dedos as veias saltadas da sua mão. Olhou para mim e para a garrafa, voltou a fechar os olhos. Dei alguns goles na cerveja olhando para a cortina imóvel e, sem ar, me senti sozinha.

E então o Carnaval. Rua, álcool ou outras substâncias que causam alterações no sistema nervoso central, ilusão de potência e liberdade. Os corpos aquecidos e o futuro deixando de ter importância. Saí com duas amigas da época da faculdade, as únicas que ainda não tinham filhos. Naquele curto espaço de tempo, esquecemos a nossa desilusão morna, a nossa agonia nacional. Usamos roupas curtas e muita maquiagem no rosto, dançamos.

Entre um passo e outro, eu me afastei do meu grupo para procurar um banheiro e me perdi. Olhei em volta e vi um homem todo pintado de verde chorando sozinho no meio dos corpos lúbricos, o caminho das lágrimas que escorriam pelas suas bochechas e removiam um pouco da tinta, uma menina fantasiada de freira vomitando agachada entre dois carros estacionados. Um homem enfiava o braço numa lixeira para retirar latinhas de cerveja, um cachorro de rua tentava escapar dos pés agitados.

Segundo a minha mãe, pessoas que se perdem demais, além de terem problemas com excesso de distração, têm habilidades cognitivas mais fracas relacionadas à memória espacial, percepção visual e orientação geral. Fatores emocionais também podem afetar negativamente a capacidade de se orientar. Faltou considerar o abuso do álcool, que nos faz ficar mais desatentos, lentos e perceber as coisas deformadas, parecidas com as imagens dos sonhos.

Nessas ocasiões, às vezes os deuses do acaso dão as caras. Eu me encostei na grade de um prédio e decidi que não era ruim estar perdida, que nesse estado de pensamento empobrecido e despreocupado eu via as pessoas de forma atenta e tremida, além de todo o glitter e paetê, os movimentos falhos e as gotas de suor, as bocas abertas, as pernas amolecidas. No momento em que observava tudo fascinada e um pouco tonta, vi o arqueólogo Francisco vestido de romano antigo: uma túnica branca ridícula e uma coroa de folhas.

Houve um abraço e os meus dedos tocando uns fios de cabelo molhados grudados na sua nuca. Dançamos como se fôssemos íntimos. Uma de suas mãos na minha escápula, depois apalpando um ossinho saltado do ombro. A música muito alta. Ele me olhou de um jeito estranho e disse algo que não escutei.

E então lábios, línguas e dentes, dedos transpirados no pescoço, o sangue correndo nas veias na direção de um esquecimento favorável do mundo, descendo até as zonas genitais. O rosto quente e a barriga fria, como se o corpo precisasse se fazer sentir antes que não restasse mais corpo, cheiro de suor e de desodorante.

19. A história da Eva — *1968 ou 1969*

Eva usava uma roupa branca, como quase todas as pessoas que caminhavam na avenida da praia. Era um vestido que não lhe caía muito bem, apesar de ela ter pedido a Lucila que fizesse ajustes na máquina de costura.

Em casa, ela tinha se olhado no espelho e pensado que parecia um fantasma coberto com um lençol, e não sabia por que os fantasmas eram representados sempre vestindo lençóis, isso nem sequer fazia sentido.

Naquele dia mesmo, Eva sentiu raiva. Ela e a irmã do meio pintavam as unhas de vermelho, e era bom sentir o cheiro forte do esmalte, o gelado despertando a carne debaixo da casca, ver aqueles revestimentos transparentes se tornando mais vívidos, aquela cor de sangue que a fazia se sentir jovem e livre, talvez até um pouco bonita.

No momento em que sentia essa alegria mínima, o pai entrou no quarto, viu as unhas das filhas e fechou a cara. Disse que moças de bem não pintavam as unhas de vermelho e que se as duas não pegassem logo a acetona e tirassem aquela cor dos de-

dos, não as levaria à praia. Eva não entendia o que o bem tinha a ver com a unha, e o mundo lhe pareceu ilógico, então o líquido vermelho de dentro do corpo pareceu subir alucinado pelo seu pescoço e chegar até a testa. Ela sentiu a cabeça doer.

Eva se vestiu com o lençol branco que deixava suas pernas ainda mais finas, olhou mais uma vez para as unhas pálidas, e a família entrou no carro para descer a serra até a cidade de Santos. Era noite de Ano-Novo.

Caminhando pela avenida da praia, Eva viu algumas coisas, famílias e mais famílias com mulheres muito maquiadas e homens de bermuda, um estrangeiro, que aparentava ser mais velho que seu pai, abraçado a uma menina nova vestida com uma saia muito curta, crianças engraxates correndo na frente de uma fileira de militares de botas e roupas muito quentes para aquela noite de verão.

Tudo parecia estranho, e então as pessoas começaram a olhar apreensivas para o relógio até a avenida se encher de rojões e fogos de artifício. A cabeça de Eva ainda doía e cada rojão a assustava com seu ruído exagerado. Desejou que aquela gente não passasse o ano inteiro fazendo tanto barulho, mas gostou dos fogos, que pareciam línguas ou serpentes em chamas. Depois viu pessoas que não se conheciam se cumprimentando e se abraçando, dizendo "tudo de bom", como se só nesse dia se importassem umas com as outras. Achou desagradável ter que lutar para se enfiar entre os corpos e conseguir um lugar confortável, e quando a madrasta sugeriu que ela e as irmãs fizessem pedidos e promessas para o ano que se iniciava, Eva pensou um pouco no futuro e desejou um dia conhecer todas as coisas, poder pintar suas unhas da cor que escolhesse, poder fazer sempre o que quisesse, além de não aceitar o que não fazia sentido.

20. O ponto de não retorno

Depois do Carnaval, nada. Não contei a ninguém o que aconteceu. Às vezes eu encontrava um pontinho brilhante de glitter perdido em alguma parte do corpo ou na fronha do travesseiro e lembrava da poeira estelar, depois me vinha à mente o pouco que a minha memória tinha retido daquela cena, então eu sentia uma bola densa no coração.

Eu não sabia muito sobre o Francisco. Não perguntei se seus pais estavam vivos, se gostava de filmes de terror, para que time torcia, como ele preferia morrer. Não sabia qual era sua música preferida.

Enquanto cortava as unhas do pé sentada sobre a escrivaninha e olhando às vezes para o braço da Cassandra, que descansava ao lado do abajur rosa, decidi que se ele não me escrevesse, seria como se nada daquilo tivesse acontecido.

A música preferida do meu marido era "Space Oddity", do David Bowie. Ele era o tipo de pessoa que não atualizava muito o gosto musical, permanecia fiel ao que escutava quando tinha vinte e poucos anos.

Tenho algumas lembranças boas. Uma delas me vinha à mente sempre que pensava nessa palavra condenada, "separação". Ele apertando o lóbulo da minha orelha enquanto dividíamos um fone de ouvido deitados no gramado do Regent's Park meses depois de termos nos mudado para Londres. Talvez escutássemos Bowie, ou Talking Heads, ou Caetano Veloso. Ou qualquer coisa de bossa nova.

Era um pouco incômodo. Seus dedos muito quentes, minha orelha queimando. Naquela época esse incômodo era bom.

O ponto de não retorno é um determinado limite ou situação que, quando alcançado, já não permite a volta à situação ou estado anterior. Esse termo pode ser utilizado em diferentes contextos.

Para a ecologia, por exemplo, o ponto de não retorno é um limiar a partir do qual um ecossistema sofre alterações irreversíveis. Dizem que é o que acontecerá com a Amazônia daqui a alguns anos se seguirmos com o ritmo de degradação atual. Na medicina, pode se referir ao estágio de uma doença em que o dano causado ao corpo é tão severo que não pode mais ser revertido.

Já para a astrofísica, o ponto de não retorno, também conhecido como horizonte de eventos, é o espaço ao redor de um buraco negro, uma fronteira além da qual nada, nem mesmo a luz, pode escapar de sua atração gravitacional intensa. Uma linha que separa a vida antes e depois do nunca mais. Quando se passa desse ponto, é impossível voltar. Para sair de um buraco negro, seria preciso pular para fora dele numa velocidade maior que a velocidade da luz, e como nada é mais rápido que a luz, nada retorna.

* * *

Dias depois recebi uma mensagem do Francisco perguntando se eu estava bem. Fazia tempo que não sentia meu corpo sair do estado de refrigeração ao receber uma mensagem no celular. Disse que sim, me recuperando do Carnaval.

Fizemos comentários espirituosos a respeito do estado de deterioração dos nossos corpos após a festa. Praticamente nada sobre a ação que protagonizamos. O pior é acordar da sublimação para voltar à realidade, o Brasil de 2020, ele disse.

Fora isso, o Francisco não tinha nada de novo para me contar: os mesmos ossos, os mesmos problemas, nenhum nome descoberto. Quase todas as caixas com remanescentes já haviam sido analisadas, lavadas, secas, periciadas. Faltava principalmente extrair fragmentos para a análise de DNA do último lote de cento e cinquenta ossadas. Esperavam um relatório do laboratório de genética da Holanda. Esperavam por uma nova fase de formação: os profissionais brasileiros não tinham sido treinados para analisar as caixas com mistura de indivíduos, cerca de vinte por cento delas. Esperavam.

Qual é a sua música preferida?, perguntei.

O quê?

Isso mesmo que você entendeu: qual é a sua música preferida?

Ele demorou uns minutos para responder.

"Retrato em branco e preto", do Chico.

Procurei a letra na internet e li os primeiros versos: já conheço os passos dessa estrada/ sei que não vai dar em nada...

Senti as pálpebras pesadas, vi o lado mais feio do meu rosto no reflexo do vidro, minhas costas curvadas.

E a sua?

A minha música preferida?

Sim.

"You Don't Know Me", "Toda menina baiana", "Pale Blue Eyes", "As rosas não falam".

Não era para escolher só uma?

Qualquer uma dessas.

O ponto de não retorno pode ser também um voo cancelado.

Em março, os europeus decidiram que era melhor se trancarem em casa. As aulas foram suspensas, os bares e restaurantes, fechados. O primeiro-ministro do Reino Unido apresentou o Plano de Ação para o Coronavírus e classificou o surto como "estado de calamidade nível 4". As companhias aéreas anunciaram uma série de cancelamentos de voos.

Quando liguei por vídeo para o meu marido, ele estava guardando produtos de uma compra de supermercado extremamente grande, armazenando mantimentos como se estivesse se preparando para uma guerra. Ele pediu um minuto e em silêncio eu o vi empilhar as coisas nos armários. Vi uma bandeja de salmão defumado e um pote de geleia de frutas silvestres, senti saudades. Esperei que se virasse de novo para a câmera e contei da passagem cancelada pela British Airways. Então aquele sorriso sarcástico com a boca torta, e ele mudo. Isso me fez sentir raiva por alguns segundos. Depois medo.

Meu marido tinha a cara branca e grave. Olheiras. Fiquei mais uma vez observando seu rosto, tentando adivinhar se era intrigante ou insípido. Ele disse que sabia que aquilo aconteceria outra vez, que se não fosse o cancelamento, seria outra coisa. Eu me senti mal. Ele abriu um pacote de batatinhas e começou a mastigar de modo irritante. Retomei minha fala, teríamos que esperar que as rotas aéreas entre Europa e Brasil voltassem a funcionar. Quem sabe nas semanas seguintes a situação melhorasse.

Ele concordou com a cabeça, disse que tinha uma reunião, desligou rápido. Agora era uma pandemia que nos separava, agora existia um motivo para haver um oceano entre nós. Isso de certa forma me tranquilizou.

A partir de certo ponto não há retorno. Esse é o ponto a ser alcançado.

Franz Kafka

Lá estava o ponto de não retorno, também no meu arquivo de frases motivacionais. A frase era do Kafka, um autor nada motivacional. Caso a citação fosse realmente dele, para Kafka o não retorno seria algo bom: definir um propósito e se jogar na direção da linha que delimita o momento em que já não é possível desfazer os passos, quando a única alternativa é seguir adiante, perder o que ficou para trás. Projetar o corpo até o horizonte de eventos e se deixar sugar pelo caos do buraco negro. Tudo que eu nunca fui capaz de fazer.

Eu queria saber se a Eva tinha se apaixonado ao menos uma vez. Queria saber qual era a sua música preferida.

Voltei a revirar os cadernos. A única coisa que encontrei foi a descrição de um homem que aparece de passagem na história da mulher que foge. Nada muito animador, no entanto, só ela observando aquela figura de longe. O homem parado no meio-fio encarando a água que jorrava do bueiro depois de uma chuva forte, fixado naquele líquido sujo da sarjeta como se admirasse o fluxo de um rio.

Em outro caderno, vi o desenho do perfil de uma figura

melancólica olhando para baixo — mais uma das personagens estranhas desenhadas pela Eva — e me perguntei se seria o mesmo homem que olhava a água da sarjeta. Era muito magro, com o corpo irregular, a cabeça levemente caída, como se apoiada num ombro invisível. Os olhos negros e pesados, um pouco loucos. Nenhum fio de cabelo. Não era atraente, mas por algum motivo me fascinou, pensei que seria capaz de me apaixonar por ele.

Coisas horríveis são encontradas por arqueólogos: dezenas de esqueletos algemados uns aos outros, gladiadores decapitados, restos de supostas bruxas escocesas e vampiros poloneses.

Certa vez abriram um sarcófago e ali encontraram um esqueleto com um pulmão. Os restos pertenciam a uma rainha chamada Arnegunde, que morreu em 580 d.C. Era um mistério, ninguém entendia por que o corpo tinha se decomposto, enquanto o pulmão estava mumificado. Nas fotos que vi, os ossos de Arnegunde lembravam os de Perus, quebrados e acastanhados, alguns deles pretos. Já o pulmão parecia uma pedra esbranquiçada, ou um punhado de areia úmida. Ou um casco de tartaruga mofado. Esse é o tipo de coisa que temos dentro, esse é o tipo de coisa que sobra de nós. Uma hipótese é a de que o pulmão tivesse se conservado por causa de um fluido de plantas e especiarias para embalsamamento que tinha sido injetado na garganta da rainha. Além disso, o cinto que ela usava no funeral era feito de liga de cobre, material com propriedades antimicrobianas.

Também gosto da história de Louise de Quengo, uma nobre que morreu viúva em 1656. Ela foi encontrada no caixão com o coração do marido. Os arqueólogos se depararam com o corpo de Louise ainda portando uma capa, vestido, gorro e sapatos de couro. O coração do marido provavelmente foi removido após a morte, embalsamado, e anos depois enterrado com a esposa numa urna de chumbo com formato de coração. O órgão estava tão bem preservado que, numa ressonância magnética, foi possível ver o acúmulo de placas nas artérias, o que indicava uma aterosclerose, ou doença arterial coronariana.

Não sei se eu deveria achar bonita aquela imagem: uma mulher enterrada com o coração do marido. A urna em forma de coração com um coração embalsamado dentro, uma boneca russa de corações, o cadáver da mulher com aquilo nas mãos. Além de cafona, me pareceu violento.

Eu queria o amor como um raio que partisse meus ossos. E, para mim, Louise de Quengo, mesmo que tenha escolhido ser enterrada com o coração do marido, nunca foi feliz com ele.

Tentamos nos falar de novo, mas a conexão estava ruim. Era mais fácil quando os amantes trocavam cartas. Elas demoravam a chegar, mas eram mais precisas, escritas com cuidado. E permaneciam na Terra depois de as pessoas terem morrido. Só seriam encontradas se estivessem muito bem protegidas, é verdade, por exemplo dentro de uma garrafa de vidro, já que o papel se decompõe muito rápido; mesmo assim, poderiam terminar nas mãos de algum familiar ou amigo: a pessoa que escreveu a carta sendo lembrada, conservada por gerações.

Assim as coisas não podem ficar, disse mais tarde o meu marido, quando a conexão melhorou. Muitos meses se passaram, e a verdade é que não estamos mais juntos.

Tive que concordar.

Decidimos nos separar sem que entendêssemos muito bem

como tínhamos chegado até ali, como tínhamos nos desencontrado no caminho.

Eu buscaria minhas coisas quando a situação sanitária melhorasse. E depois talvez nunca mais nos veríamos. Uma lágrima caiu do seu rosto. Outra lágrima caiu do meu. Nos despedimos e eu o vi fechando o notebook. Senti que me fechou dentro da tela.

O amor acaba, todas as páginas escritas vão desaparecer um dia, até a Wikipédia vai desaparecer.

Na ausência de cartas e diários, os arqueólogos do futuro buscarão e-mails e mensagens de aplicativo para entender as nossas normas sociais, rituais e práticas associadas ao amor?

E se a nossa cultura hoje é predominantemente digital, como ela vai resistir à passagem do tempo? Toda a nossa vida virtual armazenada em nuvens cibernéticas, ou seja, nos servidores que ocupam milhares de metros quadrados nos datacenters, esses HDs gigantes espalhados por vários lugares do planeta. Os espaços físicos duram muito menos do que se imagina, sem falar na fragilidade dos equipamentos.

E se os datacenters enferrujarem, e se não for mais possível acessar as nossas ferramentas arcaicas? Nós vamos desaparecer?

Talvez uma história que termina seja só uma história que termina. Inútil se apegar ao que resta dela.

Desde 1996, funcionários mantêm o Internet Archive com cópias de páginas de internet, softwares, filmes, livros e áudios, uma espécie de museu da informação digital, tudo isso armazenado em vinte mil discos rígidos, que podem terminar em chamas, como as paredes da Biblioteca de Alexandria. Quase já dá para sentir o cheiro do metal queimando.

O buraco negro nos diz que somos leves e insignificantes,

ameaça nos sugar para sua densidade infinita onde todas as leis da física falham, e assim que atingirmos o ponto de não retorno: fim.

O buraco da garagem mantém seu silêncio impenetrável, nos observa com desdém.

E o arqueólogo do futuro, mesmo que muito esforçado, não poderá nos salvar. Não encontrará nenhuma carta de amor ou coração cheio de placas gordurosas. É provável que o arqueólogo do futuro encontre apenas partículas de microplástico de menos de cinco milímetros.

21. Complexo de Cassandra

A rua ficou muito quieta. O canto exagerado dos pássaros, em vez de sugerir calma e bem-estar, dizia que algo não andava bem.

Na casa, eu sentia um tipo de premonição, ou fosse lá o que fosse, um vento carregado balançando discretamente as cortinas e derrubando bem devagar algum objeto mais leve, um ar difícil de respirar mas que não chegava a ser sufocante. Em momentos como esse, acho que o céu também não fica completamente negro, parece tentar evitar que nos alarmemos. As coisas vão acontecendo aos poucos, não há um grande sobressalto. Olhando o movimento das cortinas, eu pensava em trovoadas esparsas e furacões encobertos, lobos e sucuris à solta, animais perdidos, assustados, violentos. Vêm aí dias piores, anunciavam. Era como se o mundo tivesse ficado velho e precisasse de um pouco de destruição.

O governador de São Paulo decretou quarentena em todo o estado. Outros governadores fizeram o mesmo. As cuidadoras do Nani não puderam mais vir. Eu e minha mãe lavando os sacos de arroz e feijão que chegavam do supermercado, limpando e cozinhando, cuidando de todos os remédios do meu avô. Eu e minha mãe nos olhando em pânico depois de tentar ajudá-lo a tomar banho, porque ele era só raiva e orgulho senil, enquanto ela era só raiva e pena repulsiva, e eu era algo que eu não sabia identificar.

Já Cassandra era uma das filhas do rei de Troia. E Apolo, o deus do sol e da profecia, senhor geral dos oráculos, que tinha o hábito de assediar as suas sacerdotisas. Cassandra era belíssima, claro, como sempre acontece nesse tipo de história. O deus ficou encantado e tentou convencê-la a ceder aos seus avanços. Numa das versões do mito, ela usa de astúcia para fazê-lo pensar que vai conseguir o que quer, caso ele lhe conceda o dom da profecia. Em outra versão, ela não diz exatamente que sim, mas ele entende o que quer, afinal é um homem e é um deus, então lhe oferece o dom da profecia para seduzi-la. O fato é que Apolo a presenteia com o dom, mas Cassandra diz que eles podem se ver outro dia, quem sabe, e sai andando. Apolo fica furioso, se sente enganado, mas não deixa transparecer. Pede a ela ao menos um último beijo. Quando ela aproxima os lábios dos seus, ele cospe em sua boca. A cusparada é uma maldição: nunca mais ninguém acreditaria em nada do que ela dissesse. Cassandra prevê o futuro e anuncia os perigos, mas é vista como louca.

O futuro que Cassandra adivinha é um futuro de destruição. Quando começa a Guerra de Troia, Cassandra sabe de todo o horror. Está completamente sozinha. Vê o cavalo de madeira e as nuvens muito brancas, o céu límpido, sem nenhum sinal de tempestade, e enxerga o que vai acontecer. Tenta evitar que os troianos levem o cavalo recheado de guerreiros gregos para dentro das muralhas e ninguém a leva a sério. Cassandra está em desespero e grita, então a trancam na torre. Troia vencida e destruída. Mortes sobre mortes. Cassandra, agora presa dentro da obra de algum pintor renascentista, com os olhos muito arregalados e a boca aberta.

Se eu tivesse tido mais sorte como arqueóloga e encontrado a cabeça da boneca Cassandra, e não apenas o seu braço, olharia no fundo do buraco do seu olho arrancado e lhe faria uma pergunta.

Imaginei muitas vezes como seria o dia da separação e ao mesmo tempo acreditei que ele nunca chegaria. Nas primeiras horas, senti um alívio envergonhado, depois olhei para uma nuvem acinzentada cujo formato me lembrou o sorriso de um gato sarcástico, então me visualizei no futuro sentada num canto do quarto rosa e úmido, checando o celular de cinco em cinco minutos, esperando por uma mensagem que nunca chega, esperando não ser esquecida, esperando poder batizar uma caixinha de ossos, como se isso pudesse consertar alguma coisa, como se isso me salvasse. Tive medo de ter feito as piores escolhas, de ter ultrapassado o ponto de não retorno e acabar presa num país louco, bárbaro e medíocre. Senti um líquido gelado na veia mais comprida do corpo e depois o tremor de sempre.

Nos dias seguintes, me acalmei e voltei a sentir alívio. Aquela relação já não existia fazia tempo e era preciso abrir espaço para o novo. Tudo ia ficar bem. Marquei um café com o Francisco, mas quando a data se aproximava, tivemos que nos trancar em casa. Dissemos que era melhor adiar, nos veríamos em breve, quando tudo aquilo passasse. Depois nos trancamos em casa por mais uma semana e mais outra semana e mais outra.

Sonho — *27/04/2020* — Eu estou caminhando no escuro e acho que vejo o buraco negro, que é também o buraco da garagem, mas enxergo mal. Um clarão intenso e o buraco não é mais negro, e sim branco. Amanheceu e agora dá para ver a grama no chão. Sigo caminhando e já não vejo buraco algum. Depois, um homem recitando um poema no Speakers' Corner do Hyde Park, em cima de um banquinho. O poema anuncia: dias piores virão/ nada de mau vai acontecer. Um passarinho dá um único pio, depois vejo que se trata de uma pomba cinza. O poeta olha para mim e diz: essa é a parte bucólica do sonho. Ele me acompanha, caminhamos lado a lado. Uns metros à frente, encontramos dois cadáveres. Essas pessoas foram envenenadas, ele diz. Vejo que elas têm uma expressão de susto, a boca aberta, como se ainda tentassem puxar o ar. Você está amnésica e não consegue se lembrar, diz o poeta, por isso não entende. É melhor procurar um médico. Os médicos estão todos ocupados com a pandemia, eu digo. Então, para enxergar melhor, você vai ter que perder seus olhos. Nesse momento, noto que o poeta, na verdade, é o arqueólogo forense, que também é o arqueólogo do futuro, mas ele não se chama Francisco, e sim Duke of Brodowski. Nada de mau vai acontecer, e isso é uma previsão do futuro, ele diz. O poeta-arqueólogo se despede. Vejo que ele carrega o braço da boneca Cassandra debaixo do próprio braço.

E não foi só isso. Eu não sabia se estava dormindo ou acordada quando minha mãe me chamou de manhã muito cedo dizendo que achava que o Nani estava tendo um AVC. Desci as escadas apalpando o corrimão, o vi sentado no chão do corredor, tudo um pouco escuro e fosco porque o sol ainda estava para nascer, e não entendi se os meus olhos estavam visualizando o real ou uma projeção sonâmbula e um tanto cega: o rosto deformado do Nani com a boca retorcida para um lado, os olhos arregalados, a língua enrolada, palavras incompreensíveis.

Mais tarde, eu e minha mãe de pé sob a luz branca da recepção do hospital assistindo à movimentação violenta dos médicos e enfermeiros vestidos de astronautas brancos, nós duas sem entender direito qual era a expressão no rosto da outra porque os narizes e as bocas estavam cobertos por máscaras brancas. Apoiada na parede, deixei minhas pálpebras se fecharem e minha visão doeu com a brancura, depois projetou um deserto interno de neve, que me gelou os ossos e os dentes e o branco dos olhos. Havia algo de sinistro naquela ausência de cor que me fazia enxergar com clareza qualquer mínima sujeira, além do semblante das pessoas obrigadas a frequentar hospitais. O clarão era o que eu não sabia, minha memória decepada e precária. O branco não é a cor que se espera encontrar numa situação de catástrofe. Uma enfermeira veio até nós e disse que era melhor irmos para casa, mais prudente. Eles telefonariam para dar notícias.

1990 ou 1991 — Meu avô tem a Bíblia nas mãos e lê uma história. Acima da cama, Jesus Cristo pregado numa grande cruz. Fico encarando os ossos da costela saltando no corpo, as marcas nas palmas da mão, o sangue escorrendo delas. Pergunto se Jesus também foi torturado. O Nani aperta as sobrancelhas e o seu rosto endurece, diz para eu nunca mais dizer aquilo. Um pouco aborrecido, continua a história, mas logo pega no sono, sentado no canto da cama. A sua mão esquerda muito próxima da minha barriga. Acompanho com o dedo o relevo das veias saltadas. Olho para ver se ele vai acordar. Continua dormindo. Ronca.

22. Javaporco

Eu e minha mãe não gostávamos muito de carne suína. Mas chovia como se fosse o fim do mundo e nós tínhamos acabado de assar uma costela de porco. A peça estava na geladeira fazia dias e estragaria em breve. Aquele era o prato preferido do Nani.
    O boletim médico que recebemos por telefone era preocupante e inconclusivo. Nada a ser feito além de esperar. Distraímos a nossa apreensão cortando legumes. Minha mãe temperou tudo com pimenta-do-reino, vinho branco, louro e alecrim, como a minha avó fazia. Ficamos todo esse tempo praticamente em silêncio. Eu servi o resto do vinho em duas taças e me sentei à mesa. Ela também se sentou. Deu um gole longo e ruidoso. Pela janela, vi gotas gordas e duras caindo dentro do buraco da garagem, depois uma trovoada fortíssima e o clarão de um raio. As costas da minha mãe estalaram de susto. Uns segundos depois, ficamos sem luz.
    Percorremos a cozinha iluminada apenas pelas lanternas dos celulares até encontrarmos algumas velas e nos sentarmos para comer sob uma luz retraída. Pensei que aquilo poderia ser

o mundo se lavando, que seria bom se no dia seguinte não houvesse mais vírus. Dei um gole no vinho e cavouquei um pedaço de costela com o garfo até arrancar um pouco de carne. Vi o osso branco do porco, já despido, e me lembrei dos esqueletos deitados sobre a mesa azul. Fechei os olhos e vi o rosto da Eva, depois vi o ossinho que saltava do pulso do Nani sob uma pele muito fina, quase transparente. Tentei visualizar outra coisa, bebi outro gole de vinho.

Olhei dentro dos olhos fundos da minha mãe e, em seguida, para um pedaço de batata. Inspirei devagar para criar coragem. Eu queria saber, queria que você me contasse, eu disse, por que você e o Nani brigaram, o que aconteceu naquela época, logo depois do dia em que eu fugi para Perus. Por que vocês ficaram todo aquele tempo sem se falar?

Essa história de novo, depois de tantos anos? Não teve nada a ver com esse dia, ela disse.

Teve a ver com quê, então?

Não foi culpa sua.

Então o que aconteceu?

Não quero falar sobre isso agora. Não tem cabimento, seu avô entre a vida e a morte, era só o que faltava.

Ela atacou a costela com a faca e revirou o pedaço de modo afoito e violento até arrancar um naco de carne e depois outro. O osso voou para fora do prato. Mastigou com raiva.

As sombras dos nossos braços se moviam parecendo muito maiores e mais lentas do que eles. Vou colocar uma música, eu disse. Conferi se a caixinha de som ainda tinha bateria e escolhi uma playlist instrumental.

Ela se virou para mim, agora aparentando calma: vou te

contar outra história. Para passar o tempo. Uma história sobre quando tiramos aquela foto que você gosta, do sítio.
A foto da Eva com o cabelo no rosto?
Isso.
Aquela foi a primeira vez que nós estivemos lá, disse a minha mãe. Seu avô repetia sempre: qualquer brasileiro que se preze sonha em ter seu pedaço de terra. Um dia chegou a vez dele, isso ele também gostava de dizer. Naquela época ele ganhou muito dinheiro. Fez ótimos negócios, revendeu uns três terrenos grandes na Zona Sul e comprou o sítio. Você também gostava de lá, não é?

Sim, eu disse, e me veio à mente a casa amarela cercada pelo pátio acimentado que meu avô mandou fazer para facilitar a entrada dos carros. Um quintal depenado no meio do verde. Ralei meus joelhos algumas vezes ali.

1988 ou 1989 — Já está escuro quando chegamos à estradinha de terra que dá acesso ao sítio. As árvores mais ou menos baixas fecham o caminho por onde o carro passa e arranham o teto. Meus olhos estão quase se fechando por causa do ruído monótono do motor e das cigarras e também porque não se vê praticamente nada. Então sentimos um tranco seco, em seguida mais um, e vimos um animal dando cabeçadas na lataria do carro. Minha avó grita, eu e a Elisa também gritamos, a Laura começa a chorar. Meu avô também se assusta, mas nos manda ficar quietas. Acelera e consegue deixar para trás a besta. Alcançamos o portão e voltamos a escutar as cigarras e a respirar o ar cheio de terra.

Minha mãe continuou falando sem parar. Disse que no início não gostou nada do sítio, que aquele dia o vento parecia querer derrubá-los, que elas tinham que segurar a saia, que não era para estar ventando tanto naquela época do ano, que o vento levantava terra do chão, que era preciso proteger os olhos, que a mata lhe pareceu pouco interessante, que o verde estava fosco, coberto de poeira minúscula, que o céu tinha cor de burro quando foge e que, de repente, viu aparecer um risco no horizonte entediado, e logo começaram a cair uns pingos finos, que quase não molhavam, só faziam o pó grudar no corpo.

Elas não queriam tirar foto nenhuma, mas o Nani fazia questão. O caseiro, chamado Peninha, fez o retrato e todos saíram correndo, não tanto pela água, mas porque sentiam frio. Chegaram à casa com a pele dura e farelenta e os olhos irritados.

Ela dizia tudo isso olhando alternadamente para o prato e para mim, mas às vezes cravava os olhos na parede branca diante dela, e eu não sei o que tanto via naquela reta sem cor, ainda mais com tão pouca luz. Ao menos parecia estar sentindo prazer em contar a história, o que era raro, sobretudo quando a história envolvia a Eva.

O vinho acabou e eu me levantei para abrir outra garrafa. Ouvimos o eco seco da rolha e olhamos uma para a outra. Parecia que só nós duas existíamos no mundo. Nós duas e a história.

Bem, essa foi a primeira vez que a Eva sumiu, disse a minha mãe.

Como assim?

E tinha o porco-do-mato. A Eva sumida no matagal e o porco-do-mato rondando por ali.

O javaporco?

Não sei se existia javaporco naquela época. Para nós, era porco-do-mato.

Eu me lembro de uma vez em que eu e minhas primas fomos ao sítio com o Nani e um javaporco atacou o carro.

Eu não me lembro disso.
Acho que você não estava dessa vez.

1988 ou 1989 — O nome do bicho é javaporco, diz o Peninha. Meu avô queria saber se os porcos selvagens andavam rondando por ali de novo. Bem pior que os porcos de antigamente, continua o caseiro. O javaporco está destruindo as lavouras dos vizinhos. Come a mandioca e o milho, e não se contenta com um, dá umas mordidas em vários e estraga tudo. Pisoteia, come as plantas, os brotinhos, até o leite das vacas ele rouba, mama das tetas delas. Isso está aí porque os estrangeiros trouxeram uns javalis, conta enquanto mexe nas unhas sujas, os javalis escaparam e cruzaram com as porcas, daí nasceu esse lobisomem maldito. Minha avó olha para a nossa expressão de pânico e diz que o Peninha está brincando. Ele ri e continua: só que enquanto o javali pesa oitenta quilos, o javaporco chega a cento e cinquenta. Enquanto o javali tem cinco filhotes por vez, o javaporco tem até quinze. Uma praga. E eles são atrevidos, viu, atacam mesmo. Mas as meninas podem ficar tranquilas, diz, eu já estou preparando uma armadilha. A carne dele é boa de comer.

Todos eles tinham medo do porco-do-mato, disse minha mãe. Até o meu avô, que fazia questão de se mostrar durão. À noite, escutavam o ronco do animal, se assustavam. O Nani dizia que era para a mulher e as filhas deixarem de histeria, mas uma vez até saltou para trás quando o bicho deu uma cabeçada na porta da cozinha. Segurava um copo d'água, que por pouco não foi ao chão. Então meu avô lhe pareceu estranhamente frágil, muito diferente do pai que ela conhecia. Porco cabeçudo do diabo, foi o que ele disse.

A Eva também tinha medo. Uma vez minha mãe acordou à noite e a viu sentada na cama com um olho bem aberto. O outro estava vazio: ela tirava a prótese antes de se deitar. A Eva sempre levava algum caderno, contou. Antes de dormir, viu que ela tinha desenhado o porco-do-mato. De manhã, as duas encontraram as marcas das patas sujas de terra no pátio em frente à casa.

1988 ou 1989 — O Nani nos chama para dar uma volta. O Peninha vai mostrar a armadilha que preparou para o javaporco. Na minha cabeça, o javaporco tem o tamanho de um boi, mas barriga de rinoceronte: flácida com dobras que se esparramam até as patas. O Peninha está acompanhado de uma moça, sua sobrinha, que quase não abre a boca. Eu, a Laura e a Elisa chutamos pedrinhas. Duas vacas muito pretas e brilhantes com o nariz sujo e cheio de moscas. Cheiro de animal, de pasto, de estrume, de couro e de suor. O Peninha mostra a armadilha: uma corda e paus bem reforçados e, no meio, a isca, um pedaço de mandioca. Nós três agora já não ligamos para o javaporco: estamos fascinadas pela sobrinha do Peninha, que é muito bonita. Brigamos para ver quem vai voltar de mãos dadas com ela. O Nani também a olha às vezes. Diz que daria uma boa empregada se quisesse trabalhar em São Paulo. Ela não diz nada, olha para baixo.

A chuva, os raios, a ausência de luz, tudo igual. A água caindo como cascata do telhado.

Deve estar tudo alagado lá fora, eu disse. É, disse a minha mãe, só faltava isso. Você acha que o Nani tem algum tipo de consciência, mesmo entubado? Minha mãe respondeu que não. Pode ser que sinta algum incômodo, mas é como se estivesse sonhando. Eu assenti com a cabeça.

O Peninha tinha dois filhos jovens que eram bem magros, mais ou menos como ele, minha mãe continuou. Vestiam roupas suadas e cheiravam a pasto mais ou menos como ele, tinham a pele seca e parda mais ou menos como a dele, dentes espaçados e um pouco castanhos mais ou menos como os dele. Meu avô e o Peninha iam na frente; as três meninas e os filhos do Peninha, atrás. A Eva levava o caderno debaixo do braço e às vezes parava de caminhar por alguns segundos e fazia anotações rápidas, traçava o contorno das plantas.

Segundo minha mãe, a Eva já tinha tamanho de gente adulta e uma pele de textura diferente, mais luminosa, o colo já exibia peitos de verdade, não como os dois botõezinhos que apenas começavam a despontar do seu. Disse que o filho do Peninha parecia não notar ou não se importar com o fato de o olho direito da Eva não se mexer e mirar sempre uma paisagem distante. A Eva sorria de volta e participava mais que de costume da conversa. Falavam alto. Meu avô se virou e olhou para eles de um jeito arisco, como se estivesse ofendido, mas ficou em silêncio, então todos se calaram.

Por que você resolveu me contar essa história?, eu disse.

Não sei, deu vontade.

Parece que você está querendo me enrolar. Que só está me contando isso para não falar sobre a briga de vocês dois.

Você não queria saber mais sobre a Eva?

Sim.

Então me deixa terminar.

Fazia muito calor e a Eva queria visitar uma cachoeira com os filhos do Peninha, mas meu avô disse que não. A Eva argumentou que não iria sozinha, que levaria as duas irmãs: minha mãe e a tia Irene também gostaram da ideia. Meu avô disse que não. A Eva disse que a mãe dos meninos os acompanharia, e ainda duas primas. Meu avô disse que não. A Eva sempre obedecia sem questionar, mas dessa vez minha mãe viu em seu rosto uma expressão diferente, indócil.

Minha mãe fez uma pausa. Olhou na direção da janela: o porco-do-mato tinha atacado a lixeira, rasgado três sacos e deixado um rastro de comida podre na frente da casa. No momento em que todos estavam ocupados limpando a sujeira, a Eva aproveitou para sair sem ser vista. Voltou algumas horas mais tarde com o cabelo molhado e a roupa colada no corpo.

Essa história me fez lembrar de outra, eu disse, também lá no sítio. Uma história que tinha sumido da minha memória.

Que história?

Deixa pra lá, eu disse.

E nesse instante nossos olhos foram surpreendidos com um clarão. A luz tinha voltado.

1988 ou 1989 — Estou brincando com a Elisa e a Laura em cima da árvore. Desço um momento para ir ao banheiro e entro na casa pela porta da cozinha. A sobrinha do Peninha está lavando a louça, os cabelos presos num coque, a nuca com alguns fios que escapam e umas gotas de suor. Olho para o lado e vejo meu avô. Ele está muito perto e passa o dedo dobrado no rosto dela. Fico congelada, sem saber direito o que vejo. A porta bate atrás de mim. O Nani se assusta, recolhe a mão. Saio sem ir ao banheiro e penso que talvez meus olhos tenham se enganado, que sou pequena e boba, e talvez um pouco esquisita, que de onde eu estava não dava mesmo para ver bem. Volto a subir na árvore. Minhas primas perguntam se eu não ia ao banheiro. Digo que estava ocupado, encosto a cabeça no tronco. As duas não param de falar e eu não consigo prestar atenção. Minha bexiga estourando. Fico ali sem me mexer.

A luz da lâmpada era muito clara e incomodava a vista. Eu ameacei me levantar para lavar os pratos — já me impacientava estar tanto tempo sentada na companhia daquelas memórias —, mas minha mãe não se movia. Entendi que ela queria continuar assim.

Quando a Eva chegou da cachoeira, disse, meu avô a esperava sentado no pátio. Poucos metros à frente, uma fogueira, como se fosse São-João. A Eva se aproximou e foi sentindo o calor que esquentava as suas pernas, escutando aquele ruído sereno do fogo queimando. Viu os troncos, a brasa alaranjada, chamas grandes e pequenas e no meio delas pedaços de papel já quase pretos. Demorou ainda alguns segundos para se dar conta. Aquilo que queimava era o seu caderno, suas folhas e letras.

Meu avô segurou a Eva pelo braço e disse para ela entrar, que estava de castigo. A Eva o olhou com seu olho esquerdo de corvo e o empurrou com força. Ele segurou mais forte. Ela se desvencilhou com um último tranco que o deixou caído no chão. Saiu correndo pela mata. Minha mãe e a tia Irene gritaram da janela: ei, Eva, volta aqui, a gente te ajuda a escrever tudo de novo, não vai por aí, Eva, cuidado, tem cobra, e o porco, Eva? Mas só voltaram a vê-la no dia seguinte.

E o que ela falou quando voltou?

Não falou nada.

Mas como assim, ela passou a noite sozinha no mato? Encontrou o porco?

Não sei, não adiantava perguntar. Voltou no dia seguinte e os dois ficaram uns dias sem se falar. Depois tudo voltou ao normal, como se nada tivesse acontecido.

* * *

  Minha mãe pegou com a mão um último pedaço frio de costela e o mordeu com os dentes ansiosos. Repetiu que a Eva era misteriosa, que tinha um olhar impenetrável, como o meu. Reclamou que demorei muito para contar a ela sobre a separação.
  É você quem está cheia de mistérios, eu disse.
  A luz da lâmpada deixava em evidência o vermelho da sua boca, que brilhava com a gordura da carne. Ela mastigava com vivacidade. Engoliu um pedaço. O Nani e a Eva também ficaram um tempo sem se falar depois dessa viagem, ela disse, mesmo vivendo na mesma casa.
  Arrumamos a cozinha em silêncio. Quando tudo estava em ordem, cada uma foi para o próprio quarto.

  1988 ou 1989 — Então o javaporco pendurado de ponta-cabeça, amarrado pelas patas traseiras. É grande, mas muito menor do que eu imaginava. Parrudo, marrom, o pelo grosso e longo, dentes que também eram chifres. O Peninha segura um facão e corta a barriga do animal. O Nani está de costas com as mãos na cintura. O sangue do javaporco escorre e alguns pelos se tingem de vermelho-escuro, a terra também vai ficando manchada de sangue. Olho para o céu: lilás com listras alaranjadas. Escuto um piado de pássaro. As tripas do javaporco, os rins do javaporco, o estômago do javaporco, tudo isso.

  Demorei horas para pegar no sono e acordei muito cedo com o telefone tocando. Era do hospital.

23. A história da Eva — *1967*

Dessa vez a Eva disse não. Olhou com raiva para o pai e puxou o braço com força, sentindo uma dor de alicate, dura como os troncos franzinos daquele matagal, que se retorciam em busca de alguma coisa, talvez só um pouco mais de sol. Mas eram duros, sim, e se projetavam em sua direção como garras. Duros e patéticos, como o pai, que tirava fiapos de carne dos dentes com o dedo mindinho, e como aquele sítio que ele tinha comprado para se sentir mais potente. Viu as chamas e um pedaço do seu caderno flutuando no ar, sendo levado devagar pelo vento — um pedaço que mostrava o desenho do porco, o focinho do porco —, então virou de costas e correu, correu e se embrenhou no mato, continuou correndo e se desviando das árvores e dos galhos até o ar começar a faltar.

Eva se viu num lugar desconhecido, fechado, cercado da cor verde. Pensou que o verde forte e molhado e toda aquela amplitude só estavam lá para alegrar e satisfazer o pai. Teve raiva das folhas e da umidade absurda, dos galhos secos que não podiam ser tão secos se estavam sujos de orvalho. Não havia nem flores com outras cores que variassem um pouco aquela monotonia. Eva se sentou debaixo de uma árvore e tentou se acalmar. Ela escreveria outros cadernos, preencheria páginas e páginas de letras. Mesmo assim não aceitava. Sentia fome, mas não ia voltar.

    Começou a anoitecer. Seu rosto estava suado, mas fazia frio. As folhas ficaram ainda mais escuras, da mesma cor que o céu, e o silêncio só era interrompido de vez em quando por uma cigarra indecisa. Escutou também outro ruído, algo que parecia se mexer. Pronto, agora seria devorada pelo porco-do-mato. O medo se misturou com o frio e a fome num abalo único. Ficou imóvel e o que se movia pareceu ter se afastado. Pensou que mesmo se quisesse não saberia como voltar.

    Eva se deitou de lado no chão gélido, dobrou as pernas e as apertou contra o corpo até se sentir um pouco mais morna. Em cima, estrelas muito fáceis de olhar, as únicas criaturas a se destacarem na ausência de tudo. Então ela respirou fundo três vezes e adormeceu.

24. Esvaziar gavetas

Cinco pessoas de máscara compareceram ao sepultamento do meu avô: eu, minha mãe, a Elisa (sem as filhas), Carlos (o filho de um dos seus amigos que não pôde comparecer por recomendações médicas) e Josy (uma das cuidadoras, que morava perto do cemitério). Outras pessoas mandaram coroas de flores. Não houve velório.

O caixão era de carvalho envernizado e estava lacrado. A cerimônia durou dez minutos, conforme era permitido, e ninguém chorou — ao menos não de forma explícita. Os olhos mais vermelhos eram os da minha mãe.

Meu avô foi colocado no jazigo pago por ele mesmo, ao lado da minha avó, da tia Irene e dos seus dois irmãos. Em breve, começaria o processo de decomposição. Em alguns anos, os tecidos moles se desintegrariam e restariam apenas os mais duros e profundos.

O mundo seguia como antes: redondo, com portas fechadas e necrotérios gelados. O futuro ainda mais nevoento, repleto de gotículas infectadas.

A Eva ainda armazenada numa das caixas do Centro de Antropologia e Arqueologia Forense, os ossos desmontados e empilhados, como as minhas memórias. Um fêmur sobre uma tíbia sobre um crânio sobre um pedaço de coluna vertebral, e o ossinho do dedão do pé solto num dos cantos. Ou talvez a Eva nem seja um daqueles esqueletos, talvez a Eva ainda esteja perdida em outro buraco, em outro cemitério. Talvez um pedaço da Eva esteja flutuando no fundo de um rio.

Tem certeza de que não quer vir comigo?, disse a minha mãe.
Tenho sim, respondi. Prefiro ficar aqui mesmo.
Ela tinha decidido voltar para o apartamento do Paraíso, mesmo com a reforma inconclusa. Abriu uma mala enorme e começou a esvaziar as gavetas do quarto todo verde. Eu me sentei na cama e fiquei olhando as manchas de mofo do teto, que formavam desenhos diferentes daqueles do quarto onde eu dormia.
Mas você vai ficar sozinha nessa casa enorme, nessa casa decrépita? E em plena pandemia, sem poder sair?
Prefiro assim, eu disse. Deitei na cama e pensei mais um pouco, mesmo sentindo que os pensamentos estavam suspensos. Meu corpo anestesiado, ocupado de um ar muito denso e comprimido. Eu queria ficar mesmo ali, na casa velha, confraternizando com os fantasmas. Num impulso, projetei o tronco para a frente e me sentei de novo.
Eu quero saber por que você e o Nani ficaram tanto tempo sem se falar.
Minha mãe estava de costas dobrando camisas e por um segundo parou de mexer o braço. Depois voltou ao mesmo movimento, de forma mais lenta. Mais uns segundos de silêncio e ela enfim se virou:
Você sabe que eu não gosto de falar sobre isso.

Continuou a mexer nas roupas. Num movimento automático, bati os pés pesados no chão, como se tivesse seis anos, e me surpreendi com meu próprio barulho e rispidez:

Mas eu quero saber. Vamos, me conta. Ele não está mais aqui.

Ela virou o corpo na direção da janela e ficou uns segundos assim, como se estivesse concentrada no movimento das cortinas.

Foi coisa nossa, filha. Não teve nada a ver com você.

Então é só você me contar o que foi.

Voltou a me olhar e empilhou três peças de roupa.

Você era muito pequena.

Pois é, não sou mais.

Minha mãe respirou fundo, como se estivesse para afundar a cabeça na água. As olheiras mais pretas que nunca.

Foi por causa de uma coisa que eu soube.

Deixou as roupas de lado, se sentou ao meu lado na cama.

Eu fiquei sabendo por causa da Celeste, que era uma amiga da Eva da ALN. Foi a Celeste quem nos ajudou nas buscas, ela também procurava alguém, o marido, e ia contando o que descobria. Você já conhece a história: as centenas de buscas nos registros dos cemitérios, mais tarde a ideia de procurar pelo codinome da Eva, depois o corpo sumido dentro do próprio cemitério, a descoberta da vala...

Uma pausa, outra respiração mais longa.

Acontece que nesse dia a Celeste me falou da existência de um fundo, uma espécie de "caixinha" dos empresários paulistas para financiar a repressão política. Você já deve ter ouvido falar da Oban. E além da "caixinha", que pagava até a hora extra dos torturadores, eles forneciam veículos, imóveis etc. Eram muitos empresários.

Olhei para ela sem entender, mas não disse nada. Ela desviou o olhar por alguns segundos e voltou a falar.

A Celeste me mostrou uma lista. Ali eu li um nome que me

deixou em choque. Era o nome de uma empreiteira, que, segundo as informações, tinha emprestado dois caminhões e um imóvel. O Nani foi um dos sócios dessa empreiteira durante alguns anos. O imóvel eu também conhecia: ele mesmo tinha comprado para demolir. Era uma casinha bem velha numa rua chamada Susana, que ficava na Vila Alpina. Eu me lembrava bem do nome da rua, cheguei a ir lá uma vez.

Demorei para assimilar o que ela dizia. Minha cabeça preenchida de engrenagens enferrujadas. A compreensão chegou de repente como uma descarga elétrica. Perguntei se tinha certeza, se aquilo não poderia ser coisa dos sócios, talvez o Nani não soubesse de nada.

Eu falei para o seu avô e ele não negou. Disse: você acha que nós estávamos em condições de perder o crédito com o governo, as licitações? Depois atacou aqueles a quem ele chamava de terroristas, e os culpou pela morte da Eva.

Mais uma pausa.

O que os militares fizeram com esse imóvel até ele ser demolido, eu não sei. E é melhor não saber.

Eu estava sentada na cama sem me mexer. As malas estavam prontas. Minha mãe me olhou em silêncio, e eu só me levantei para ajudar a carregá-las nas escadas, cada uma segurando de um lado. Estávamos mais práticas e eficientes que o normal, ao mesmo tempo que pensávamos muito e falávamos pouco.

Ela disse que tentou ser econômica e levar poucas coisas quando se mudou de volta para a casa, mas que acabou acumulando muito mais do que esperava. Voltaria depois para pegar o resto.

Na garagem, abriu o porta-malas e começou a ajeitar a bagagem ali dentro.

Tenho só mais uma pergunta, eu disse: por que você voltou a falar com o Nani? Por que se mudou para esta casa, por que cuidou dele?

Ela pensou um pouco, fechou o porta-malas e disparou algumas tentativas de resposta, todas de uma vez, com algum espaço entre elas.

Não sei, filha, passou tanto tempo. Eu acho que ele não tinha noção do que estava fazendo.

[ ]

Ele era meu pai.

[ ]

Sua avó disse que ele não sabia de nada daquilo, do que estava acontecendo de verdade naqueles centros.

[ ]

Senti um desconforto no estômago diferente do tremor habitual. Uma pergunta não saiu da minha boca: não sabia ou não quis saber? Depois, todo o meu rosto e minhas vias respiratórias endurecidos, algo transparente me obstruindo por dentro. Ela continuou a falar:

Porque todo mundo foi embora e ficamos só nós dois.

[ ]

Um pássaro cantou por alguns segundos, e eu olhei para cima, como se o procurasse.

E você gostava tanto dele. Ele foi um bom avô, não foi?

Eu queria mesmo era entrar na casa e ficar pensando em silêncio. Minha mãe não parava mais de falar:

Um dia eu estava vindo te buscar de carro, você estava com seus avós e nem seu pai nem a Irene podiam te pegar. Umas quadras antes da casa, vi o Nani pelo espelho retrovisor atravessando a rua. Acho que ele estava chorando. Eu não sabia por que ele estava chorando, nem se estava chorando mesmo, mas cismei que era por causa da Eva. Aquela imagem ficou na minha cabeça.

Dei alguns passos pela garagem para tentar respirar melhor. Chequei rapidamente o buraco: nada de novo. Caminhei de volta até o carro. Minha mãe me seguiu com os olhos. Fechou o porta-malas:

Acho que com o tempo fui percebendo que a vida é assim defeituosa mesmo. Não adianta muito lutar contra ela.

Eu quis dizer alguma coisa, mas o vazio ainda me ocupava. Minha mãe me deu um abraço de despedida e eu tentei retribuí-lo, mesmo me sentindo ainda feita de ar congelado. Eu preferia que você viesse comigo, ela disse. Eu sei, eu disse, mas vou ficar bem, gosto daqui. Ela concordou com a cabeça, com cara de quem não concordava. Entrou no carro.

Olhei para o buraco e ele me olhou de volta. Ouvi o barulho do motor, acenei.

25. Antígona e o espaguete

No primeiro dia sozinha, senti que o silêncio total me autorizava a ficar calada e soturna, como a casa abandonada e cheia de espaços vazios que agora era só minha. Isso foi bom, porque minha mandíbula estava lenta e pesada, sem energia para se mover, e a ausência de interação trouxe algum repouso. Não me senti na obrigação de processar as histórias e os acontecimentos, nem mesmo de me libertar deles com gritos ou lágrimas. Deitei no chão do quintal e vi as pontas dos prédios e as nuvens que nem eram tão brancas, respirei fundo e tentei imaginar que elas levavam os pedaços de pensamentos embaralhados.

Eu estava inteiramente só com os meus demônios e um dos demônios se chamava passado, mas havia também outros, o demônio que se chamava avô, o demônio que se chamava Eva, o demônio que se chamava mãe, o demônio que se chamava divórcio. Outro demônio se chamava coronavírus, e outro demônio se chamava futuro, e outro demônio não tinha nome e era eu mesma, e outro demônio também não tinha nome e era só um aperto.

Estavam todos lá, os demônios, mas agora eu entendia algumas coisas, embora não entendesse nada sobre as pessoas e o mundo.

A casa estava igual a algumas horas e semanas antes. Tudo era normal, a Terra girava, a vida continuava, o ruído do ponteiro do relógio de parede da cozinha era o mesmo, só que mais alto. E mais ninguém ali.

Escureceu. Fui até a cômoda da sala e peguei uma das garrafas de conhaque do Nani. Caminhei até o buraco da garagem e arranquei aqueles cavaletes e fitas que o demarcavam. Logo estava sentada na beira da cova com as pernas balançando no vazio, bem no meio do ponto de não retorno, a gravidade me chamando. Olhei para baixo mais uma vez. Bebi um pouco do conhaque com gosto velho, já quase sem álcool. Eu nunca me cansaria de olhar aquele breu, de tentar entender mais coisas. Minha boca se animou a abrir devagar e eu disse "ei". Escutei o eco da minha própria voz.

Desisti do conhaque e me deitei ao lado do buraco, já éramos íntimos. Meus olhos começaram a se fechar e eu adormeci. Acordei com a primeira luz do dia. Tudo continuava normal.

Na primeira semana sozinha na casa, comprei uma lanterna pela internet e tentei visualizar melhor o interior do buraco, como se eu mesma fosse a arqueóloga. Vi terra, pedra e mais terra e mais pedra, assim como ondulações que presumiam outros buracos menores, mais profundos e misteriosos, além de outras terras e pedras.

Também fiz novas buscas no porão, que estava ainda mais silencioso que os outros cômodos da casa. Tossi muitas vezes até tapar o nariz com a blusa. Agarrei objetos empoeirados e examinei todos os seus ângulos. Por que temos tantas coisas, me perguntei, por que precisamos delas e nos apegamos a elas, como se pedaços de matéria pudessem preencher nossas mãos e nos livrar da efemeridade? Os dedos apertando a peça rígida, os pés firmes sobre o chão, a gente sentindo que ainda está aqui e que aquela coisa nos pertence.

Ainda no subterrâneo, vi meu avô segurando uma daquelas canecas comemorativas, procurando endereços nos guias de ruas e nas listas de telefone amareladas, comprando enfeites de borboletas peludas para decorar o quarto de uma filha, ou um porta-guardanapos envolto por braços dourados de mulher. Ele e suas feições altivas, as rugas listradas na testa, o sorriso. Senti raiva. Joguei no chão uma caneca da Festa do Peão de Barretos, mas ela rodou intata pelo piso. No fundo, os objetos servem para lembrar. E quem lembrava era eu.

Pensei que estava debaixo da terra e que se pudesse escavar a parede do porão, poderia chegar até o fundo do buraco da garagem.

Pensei que precisamos mesmo de alguma solidez para lembrar, porque as memórias são bolas de poeira sendo levadas pelo vento, fugindo das nossas mãos. Escolhi três objetos para levar à superfície: a estatueta de Nossa Senhora Achiropita sem cabeça, uma caneca em forma de rosto de gato, um enfeite de borboleta peluda.

Na segunda semana sozinha, eu ainda me sentia derrotada e rígida, mas me obriguei a fazer exercícios levantando sacos de arroz e feijão. Depois fiz alguns polichinelos e abdominais. Comprei comida pela internet e limpei todos os pacotes com álcool setenta por cento. Abri a torneira, lavei as mãos, fechei a torneira e pensei que a torneira poderia ter recontaminado as mãos, lavei a torneira, fechei a torneira, voltei a abri-la, lavei de novo as mãos. Cheguei duas vezes por dia o número de mortos. Fiz fotos do céu, do piso da cozinha, do buraco, dos porta-retratos da família, do braço da boneca Cassandra, do olho de resina da Eva, da Achiropita sem cabeça, da caneca em forma de rosto de gato, da borboleta peluda. Não postei as imagens nas redes sociais e não as mostrei a ninguém.

Jantei algumas vezes em frente ao computador em videochamada com a minha mãe, tentando evitar que ela se preocupasse comigo. Numa dessas videochamadas, eu me servia com o garfo na mão direita, enquanto passava o olho da Eva entre os dedos da outra mão. Minha mãe me repreendeu:

Vai ficar cutucando esse olho a noite inteira? Não gosto quando você faz isso, me dá agonia.

É só um pedaço de resina, eu disse. E o apoiei na mesa, longe da sua visão.

Na terceira semana, precisei voltar a trabalhar. Os arquivos com as citações chegavam aos montes por e-mail e se acumulavam na caixa de entrada. O coordenador perguntou se eu conseguia revisar mais frases por semana, a empresa achava que seria bom lançar o aplicativo ainda na pandemia, com as pessoas presas em casa, entediadas ou deprimidas.

Pensei que assim me distrairia de pensamentos piores. Passei a revisar cerca de cento e vinte citações motivacionais por dia.

A preguiça pode parecer atraente, mas o trabalho dá satisfação.
Anne Frank

Tudo quanto vive provém daquilo que morreu.
Platão

O passado e o futuro parecem-nos sempre melhores; o presente, sempre pior.

William Shakespeare

Na quarta semana, recebi uma mensagem do Francisco. Haveria uma nova audiência, por videoconferência, sobre o acordo para a identificação das ossadas de Perus. Perguntou se eu não queria assistir. Ele não sabia da morte do meu avô, pediu desculpas por não ter escrito antes.

A videoconferência do Tribunal Regional Federal começou às dez da manhã. Deixei o microfone desligado e a câmera fechada. Era estranho ver o rosto dos participantes muito próximos ao meu, além de pedaços de suas casas, numa situação tão formal. Imaginei o juiz só de cueca, já que a câmera não alcançava a parte inferior do corpo.

A câmera do Francisco também estava fechada, fiquei encarando o quadrado preto inatingível, o rosto escondido atrás da tela.

Minha concentração estava péssima. Saí da frente do computador algumas vezes para cozinhar, ir ao banheiro ou varrer a cozinha. Voltei a tempo de ouvir o juiz dizer com voz entediada que o governo federal deveria se manifestar em quinze dias sobre a forma de contratação de um perito especialista em genética para a conclusão dos trabalhos de corte das amostras ósseas. Um cachorro latiu na casa de um dos participantes.

Troquei algumas mensagens com o Francisco quando a audiência terminou. As coisas tinham esfriado um pouco entre nós. Eu tinha algumas dúvidas. Não sabia se tinha mesmo me apaixonado ou se queria acreditar que sim. Sentia que ele era opaco, trêmulo e hesitante, como eu.

Talvez dê para a gente se encontrar ao ar livre, de máscara, a dois metros de distância. Posso ir de carro até você e nos vemos na calçada, ele disse.

Era preciso escolher entre lembrar e esquecer. Cassandra não poderia ajudar, não havia nada a ser adivinhado. Mas existem outros mitos, por exemplo o de uma mulher chamada Antígona e o de um rio chamado Lete.

Antígona também tinha um problema e um corpo não enterrado, o do irmão Polinice, morto numa disputa pelo reino de Tebas. Creonte, o novo rei, proíbe o sepultamento, deseja que o corpo fique onde caiu, exposto aos animais que se alimentam de carniça. Antígona se recusa a aceitar que o irmão seja abandonado e esquecido. Precisa ver o corpo dele debaixo da terra úmida, enroscado às raízes das plantas, custe o que custar. Desafia as ordens e o enterra. E é claro que essa história não tem um final feliz: Antígona acaba morta.

Lete, por sua vez, era apenas um rio, não tinha irmãos ou corpos pedindo para ser enterrados, mas a palavra *léthê*, para os gregos antigos, significava "esquecimento". As águas do rio Lete, ou rio do Esquecimento, tinham o efeito de apagar a memória. Depois de morrer, as almas mais virtuosas poderiam voltar à vida ao beber de sua água, que as fazia esquecer a existência anterior. Estariam prontas, então, para renascer livres de passado.

Na verdade, eu não queria mesmo esquecer. Era mais Antígona que Lete. Esquecer é tentador, pode ser confortável, mas o passado cheio de sangue e pus não passa nunca, uma hora volta para nos atormentar como morto-vivo. Talvez um dia eu também consiga enterrar os ossos da Eva, pensei; talvez o pedacinho de osso contendo o seu DNA esteja entre os que já foram enviados para o laboratório da Holanda; talvez em breve eles o comparem com as amostras do Nani e da minha mãe e a compatibilidade genética se comprove; talvez quando a pandemia acabar; talvez isso possa assentar as coisas.

Li que a palavra *léthê*, em grego, é o oposto de *alétheia*, que significa "verdade". O esquecimento é então uma espécie de mentira? Lembrar é descobrir a verdade oculta.

Fechei os olhos e me esforcei para lembrar, tive que me contentar com as sobras de memória. Eu e o Nani caminhando até a padaria, ele ajeitando o cabelo. Depois nossas mãos dadas com resquícios de suor e brilhantina, a piada que ele conta: o que o pato disse pra pata? O Ricardinho fazendo xixi no muro, e eu virada de costas dizendo: na verdade, a minha tia não morreu de acidente, foram os militares que mataram ela. O cheiro forte de desinfetante e de urina, e eu vomitando no banheiro do bar depois de beber cinco caipirinhas no dia em que decidi me mudar com o Bruno para Londres. A maresia grudada na pele e a imagem de um homem distante: do ângulo em que estou, ele parece caminhar sobre a água.

Na quinta semana, a casa estava imunda. Eu precisava limpá-la melhor. Comprei um rodo mágico e me organizei para fazer faxina num cômodo por dia. Escolhi uma playlist para o quarto rosa, outra para o quarto azul e outra para o verde. Não consegui limpar o quarto bege, onde o Nani dormia. Abri a porta, senti o cheiro das coisas e escutei o seu assobio. O pequeno tremor interno voltou, mas meu rosto continuava seco, a glândula lacrimal congelada.

Li na internet o número 20 mil e achei que era melhor me afastar por uns tempos das redes, parar de observar o acúmulo de mortes.

Mas a morte continuava me rondando. Eu pensava na Eva todos os dias. Escrevi muito no meu caderno florido. Comecei a inventar uma história para ela.

Abri cada um dos seus três cadernos mais uma vez. Vi o desenho de uma cadeia de montanhas, de uma árvore entortada pelo vento e de uma serpente, que ocupava a margem de uma página. Li anotações de uma aula sobre Descartes, seguida por uma lista de compras: sabão em pó, cheiro-verde, ovos, cenoura e azeitonas. A história incompleta de uma criança indígena que encontra um rádio portátil entre as folhas secas. Depois outro trecho da história da mulher que foge, que antes se chamava Isabel mas passou a se chamar Maria Alice: ela está sentada no banco de uma rodoviária e não sabe para onde ir.

Eu também gostaria de fugir, partir, caminhar sozinha por um lugar desconhecido.

Olhei para as paredes da casa, o espaço que me cercava. O buraco da garagem me fazia companhia.

Se uma pessoa ficasse muito perto de um buraco negro supermassivo, ela acabaria engolida e logo transformada pela força da gravidade em pedacinhos, fragmentos menores que partículas de microplástico. Antes disso, porém, ela provavelmente seria esticada até virar um espaguete. Isso é o que acontece quando uma estrela se aproxima do buraco negro. A atração gravitacional faz com que perca sua forma, se estenda até se tornar um fio bem fino, semelhante a um espaguete. De tão alongada, ela acaba destruída e é absorvida pelo buraco negro. Esse fenômeno é conhecido como espaguetização.

Já não fazia sentido contar quantas semanas estava sozinha. Sentada com o braço da boneca no colo, eu assistia ao telejornal. Pensei que ninguém estava acostumado a ter que lidar com tanto futuro. Ou com o medo dele. Lembrei da imagem da Cassandra mitológica com os olhos arregalados e me perguntei se ela teria previsto a pandemia. O que ela nos diria naquele momento?

Encarei o buraco outra vez, me deixei hipnotizar pela escuridão. Pensei que o tempo também parecia ter perdido sua forma original. Não fazia muita diferença se era dia ou noite, fim de semana ou segunda-feira, e as horas passavam ora muito rápido ora muito devagar, se tornavam insignificantes. Como todos os dias se assemelhavam, assim como as notícias — os números eram crescentes, mas eram sempre números, se repetiam e se pareciam entre si —, era difícil então lembrar o que tinha acontecido no dia anterior ou quatro horas antes. O presente foi esticado e virou um espaguete. Chamei esse evento de fenômeno da espaguetização do tempo.

26. Cápsula do tempo

Fiz o que fazia todos os dias, me sentei à mesa onde me sentava e abri o notebook com o mesmo movimento e velocidade de sempre. Bati o olho na palavra "Perus" no site de notícias e achei que poderia se tratar de alguma informação nova sobre as ossadas. Mas não: esse assunto não era destaque nos noticiários havia muito tempo.

A matéria era sobre os milhares de novas covas abertas no Cemitério Dom Bosco, em Perus, para receber os corpos das vítimas do coronavírus. Fiquei vendo as imagens aéreas. O descampado de terra tinha buracos retangulares enfileirados, uma quantidade infinita de pequenos traços se expandindo pelas bordas da imagem. Daquela altura, parecia uma grande plantação, o solo arado pronto para acolher as sementes.

O plano de emergência funerária da cidade também previa o aluguel de retroescavadeiras e câmeras refrigeradas para guardar corpos, a aquisição de muitos sacos reforçados para transportá-los e novos carros fúnebres, além da contratação de sepultadores temporários.

Durante a noite, o trabalho dos coveiros precisava ser iluminado com a lanterna dos veículos.

Se o mundo acabasse hoje, o que você guardaria numa cápsula do tempo?
Recebi essa mensagem no celular enquanto tomava café. O remetente era um número desconhecido: +55 11 98652 9974. Fiquei uns instantes olhando confusa para a tela. Perguntei: o quê? E o número respondeu: se existisse uma cápsula do tempo, o que você colocaria dentro? Perguntei: quem é? E o número disse: não é a Sandra do Adega Bar? Respondi que não, que não me chamava Sandra e nunca tinha estado no Adega Bar. O número pediu desculpas e disse "foi engano".

Tive vontade de continuar a conversa, de responder ao desconhecido, não sei se porque a mensagem falava sobre o tempo, se porque o mundo parecia estar mesmo acabando, ou apenas para me distrair de outros pensamentos.

O aplicativo das citações estava na fase de testes. O coordenador do projeto me mandou um link para baixá-lo no celular e vê-lo funcionando. Passei a receber toda manhã um pop-up com uma mensagem motivacional. Naquele dia, então, além da pergunta do número +55 11 98652 9974, recebi um segundo recado:

CITAÇÃO DO DIA

A paciência torna mais leve o que a tristeza não cura.
Horácio

Achei irônico o informe, senti um pouco de raiva de Horácio, que me mandava ter paciência do alto de seu conforto de finado, de um passado tão remoto e diferente do presente que nos coube — para ele um futuro tão afastado e difícil de entender.

Tentei revisar novas citações, mas abri uma foto digital que estava salva na área de trabalho: eu e meu ex-marido nas montanhas da Escócia. Não gostei de ver a foto. Tive vontade de apagá-la. Depois pensei que havia algo de capsular nas fotografias. O instante preservado na intenção de ser visto no futuro. Eu não apagaria nada. Também não mexeria nas imagens expostas no porta-retratos da sala, mesmo sabendo do mal-estar que agora eu sentia ao vê-las. Mesmo constatando que eu insistia em encará-las mesmo assim. Não voltei a trabalhar e passei uma hora lendo textos sobre cápsulas e arqueólogos.
Existem cápsulas do tempo intencionais e não intencionais. As cápsulas do tempo intencionais são aquelas que preparamos para ser encontradas pelas novas gerações. O satélite KEO, por exemplo: uma cápsula espacial que carrega mensagens da humanidade e deve ser enviada ao espaço para retornar à Terra no futuro. As cápsulas do tempo não intencionais seriam as descobertas arqueológicas, o que se preservou por acaso, como as cápsulas empedradas achadas em Pompeia. A lava do vulcão Vesúvio destruiu a cidade, mas protegeu as construções e os objetos dos efeitos do tempo, além de conservar os corpos das vítimas na posição em que estavam no momento da erupção.

Voltei às imagens das covas e pensei que a Vala de Perus era uma cápsula do tempo nada intencional. O próprio adjetivo "clandestina", que às vezes a acompanha, mostra que seu objetivo era a ocultação e não a descoberta futura. Tantos anos atrás, aquela outra escavadeira abriu o solo também durante a noite, não porque os sepultadores precisavam fazer hora extra para enterrar um número imprevisto de mortos durante uma crise sanitária, mas porque a quietude e a escuridão ajudavam no cumprimento das ordens dos patrões fardados. E depois, nada. As poucas pessoas que foram reconhecidas, os ossinhos todos limpos esperando. As vozes entediantes dos juízes nas audiências online. Eu nesse esforço inútil de preservar, rondando a casa velha, guardando objetos, limpando em vão a poeira que não vai deixar de sujar nunca, eu querendo ficar muda para sempre e, ao mesmo tempo, gritar.

O satélite KEO foi projetado para ser lançado ao espaço e retornar sozinho ao planeta daqui a cinquenta mil anos. Tem capacidade para conter a mensagem de cada um dos mais de seis bilhões de habitantes do planeta. Além dos recados pessoais, a ideia é que, como uma boa cápsula do tempo, carregue amostras de ar, água, terra, um recipiente com uma gota de sangue humano, fotografias com pessoas de todas as culturas do mundo e uma enciclopédia com todo o conhecimento humano atual, seja lá o que isso signifique. Tudo armazenado em placas resistentes à radiação e DVDs.

Quando voltar à atmosfera terrestre, o KEO deverá produzir uma aura artificial capaz de fazer um rastro no céu e chamar atenção. Isso para que os novos seres humanos, caso ainda exista planeta Terra e seres humanos, possam encontrá-lo. Possam nos encontrar.

Recebi uma mensagem do Francisco, o que me animou um pouco. Dizia que estava de carro e passaria pela casa para conversarmos à distância. Chegou em mais ou menos meia hora.

Coloquei minha máscara, abri o portão e fiquei sem saber o que fazer, então verti uma quantidade enorme de álcool gel nas minhas mãos e apertei as dele. Ele pareceu um pouco desconfortável com o ato, e talvez com a força do apertão; não afastou nossas peles, mas ficou com o corpo duro e imóvel.

Acho que exagerei no álcool gel, eu disse. Ele respondeu que aqueles frascos eram mesmo malfeitos e limpou as mãos na calça.

Como você está?, ele disse. Mais ou menos, respondi. Quer dizer, dentro do possível, estou bem, tudo sob controle. Tudo sob descontrole, ele respondeu. Nós rimos. Ele me falou da sua rotina pandêmica, insossa como a minha. Depois contou um pouco mais sobre as ossadas. Na prática estava tudo paralisado por causa da pandemia:

Estamos fazendo o trabalho remoto que dá para fazer: manter o contato com os familiares, fazer textos e vídeos informativos. E acompanhar as audiências online do gabinete do juiz.

Parece que essa história nunca vai ter fim, eu disse, cada hora aparece um obstáculo novo.

Ele deu alguns passos para a frente, evitando se aproximar muito:

Para quem não quer que o processo ande, a pandemia é uma ótima justificativa: não tem condição sanitária, e pronto. Mesmo sendo um laboratório de cem metros para dois profissionais. Daria perfeitamente para trabalhar.

Depois de nos despedirmos, um pouco antes de ele entrar no carro, perguntei:

Se o mundo acabasse hoje, o que você guardaria numa cápsula do tempo?

Ele pensou uns segundos.

Não sei... Algo rotineiro... Uma escova de dentes?

Quando a luz começou a diminuir com o fim da tarde, abri a porta do quarto do Nani. As sombras deram um ar dramático aos móveis. Olhei cada canto do cômodo ainda parada sob o batente da porta, segurando a maçaneta. Não foi uma boa ideia. O cheiro do meu avô era muito forte entre aquelas paredes. Era como se ele ainda vivesse ali. Senti que o cheiro grudava no meu corpo. Tive um pouco de náusea. Depois pensei que na verdade queria que ele estivesse vivo. Vi o relógio dourado sobre a cômoda e caminhei em sua direção. Eu achava que o Nani tinha sido enterrado com o relógio, mas lá estava ele, os ponteiros congelados às onze e dezessete. Ao seu lado encontrei um aparelhinho de medir glicose com uma tira que ainda conservava uma gota do seu sangue. A tela também mostrava o número 122. Os níveis de açúcar em sua corrente sanguínea no momento da medição, assim como uma porção líquida e viscosa de seu corpo cheia de DNA herdado pela Eva e também por mim, tinham ficado guardados naquela cápsula plástica durante meses.

Entrei no site keo.org e vi que ainda era possível deixar mensagens. Segundo o projeto, o satélite "carrega as esperanças do mundo". Mas algo me dizia — talvez o ano de 2020 — que não havia esperança para o satélite KEO, que ele nunca seria realmente lançado e que mesmo se isso acontecesse, não seria descoberto pelos arqueólogos do futuro. Seria como a Eva, um corpo que desapareceu, um esqueleto branco perdido no espaço.

De qualquer modo, pensei em opções de recados:
1. A alma não cabe numa cápsula do tempo.
2. A vida é curta, sorria.
3. *Save the Earth.*
4. SOS.
5. Nada a declarar.
6. Nunca se esqueça.

* * *

Depois do jantar, me sentei em frente ao buraco com uma taça de vinho. Ele continuava o mesmo, sem nada a declarar.

Achei que podia estar enlouquecendo, mas não me importei. Fui à cozinha e voltei com um pote de azeitonas vazio. Coloquei dentro dele um fio de cabelo meu e o relógio parado do Nani. Faltava alguma coisa — e não poderia ser a prótese ocular da Eva, tinha me apegado a ela. Peguei uma folha de papel e escrevi um recado:

~~A alma não cabe numa cápsula do tempo.~~
~~A paciência torna mais leve o que a tristeza não cura.~~
~~Nunca se esqueça.~~
Olá.

Coloquei o papel dobrado dentro do pote. Joguei a cápsula no buraco.

27. Soraya e Celeste

A Vala de Perus fazia aniversário naquele dia. Ou melhor, a sua data de abertura completava trinta anos.

De manhã, acordei apreensiva e sem me lembrar do sonho. Fazia meses que abria os olhos e notava a mente vazia. Era como se os meus sonhos, antes tão vívidos, tivessem secado, ou como se eu sonhasse guardando segredo de mim mesma.

Fiquei mal-humorada, o pequeno tremor interno latejando no corpo inteiro, minhas mãos tiritando como as da minha mãe. Desde que entrara no quarto do Nani, seu cheiro tinha se entranhado no meu corpo. Eu tomava banho, me esfregava e continuava sentindo o cheiro em mim. Era um odor velho e me fazia pensar que pertencia ao passado, mas também conservava algo de fechado, abafado, o que me remetia ao encarceramento do presente e do futuro. O fato é que me perseguia e me dava náuseas.

Antes, consultar o livrodosonho.com me acalmava, ainda que a previsão fosse ruim, ainda que eu não acreditasse muito nele, e agora não havia mais sonho.

Eu precisava encontrar outro oráculo, talvez alguém capaz de escutar os espíritos.

Recebi uma notificação no celular:

CITAÇÃO DO DIA

O pessimismo jamais ganhou nenhuma batalha.
Autor desconhecido

No fim da tarde, me sentei no chão da sala e assisti à live de aniversário da Vala enquanto fazia alongamentos. Uma participante atraiu minha atenção. Mudei de posição para me aproximar da tela. Eu tinha perdido o início do depoimento, por isso não sabia o seu nome. Era uma mulher de cabelos brancos e crespos, pele parda e olhos claros. O rosto não me era estranho. Ela falava de um modo sereno e preciso. Já faz trinta anos, disse, e deu um suspiro. Na verdade, continuou, se essas pessoas foram mortas em 1971 ou 1972, como se pressupõe, já são quase cinquenta anos de espera — fez uma pausa, não sei se por emoção ou distraimento —, de busca, de dedicação, de cansaço, de ausência de resposta.

O rosto da mulher lembrava o de uma cigana e continuava me parecendo íntimo. Talvez seja a vidente que procuro, pensei, talvez já tenhamos nos encontrado em algum sonho distante.

Outros trinta anos nós não vamos viver, ela disse antes de concluir, mas eu ainda espero um dia ver esse trabalho terminado.

Eu me vi sentada em frente a uma tela com a porta da rua fechada e não soube se sentia pesar ou esperança — essa palavra que espera, que promete demais, uma coragem que se expande e pode se alargar em excesso até encostar na ilusão. Quando terminou sua fala e o mediador agradeceu, escutei seu nome. Era Celeste, a amiga da Eva. Tinha ouvido falar nela algumas vezes: foi quem ajudou minha mãe nas buscas e lhe mostrou a lista dos empresários que contribuíram com a Oban. Cheguei a vê-la algumas vezes quando era pequena.

Os depoimentos se seguiram, e eu ainda perseguia esse rosto, que às vezes aparecia num dos quadradinhos laterais da tela. Era como se eu e a Eva compartilhássemos aquela pessoa: ela a tinha visto com os cabelos coloridos e a pele cheia de colágeno; eu agora a via mais velha, com a pele enrugada, os cabelos brancos. Mas o olhar plácido e grave, eu tinha certeza de que era o mesmo. Quis que ela fosse minha amiga também.

A Vala está viva, disse o mediador antes de encerrar, esses corpos estão aí para contar sua história, dizer por que morreram, por que lutaram. A Vala está viva, eu repeti em voz alta, como se falasse com a casa vazia, com o olho postiço da Eva, que descansava sobre a mesa e me olhava de volta circunspecto. A Vala está viva e lateja como um vulcão, como o buraco da garagem. O que ele quer me contar, eu não sei.

O cheiro do quarto do Nani seguia impregnado em mim. Eu esfregava muitas vezes as mãos, e ele continuava entre meus dedos, debaixo das unhas. Quando suava, o sentia azedo nas dobras dos braços e das pernas.

No fundo, eu tinha raiva dos acontecimentos.

Tive vontade de mexer as pernas, chutar coisas.

Peguei uma máscara e saí de casa de bermuda, camiseta rasgada e chinelo de dedo.

Caminhei pisando forte; voltas e mais voltas na mesma quadra, sempre mudando de calçada se algum ser humano se aproximasse. Os passos cada vez mais rápidos até eu ficar ofegante, batimentos cardíacos acelerados se confundindo com o abalo interno. De volta à casa, um fio grosso e lento de suor escorrendo quente pela nuca e uma ardência entre os dedos do pé. Descalcei os chinelos e vi as pequenas feridas que começavam a sangrar. Está tudo bem, pensei, respirando fundo, foi só um leve surto de claustrofobia.

Voltei a me sentar com as pernas cruzadas em frente ao buraco, fechei os olhos e respirei fundo por alguns minutos. Um vento quente percorreu o meu corpo encontrando as brechas na roupa para encostar na pele.

Ainda de olhos fechados, vi os rostos dos participantes da live de aniversário da Vala e escutei suas vozes como ecos vindos do fundo do buraco, *Para que não se esqueça*, vozes de cobre oxidado, antigas e desgastadas, *Para que não se repita*.

Mandei uma mensagem para o Francisco:

O que achou da live? Queria saber se você tem o contato de uma pessoa, a Celeste. Ela era amiga da minha tia, e também é familiar de um desaparecido, acho que o marido dela. Não queria pedir para a minha mãe, ela vai achar estranho, vai ficar fazendo perguntas.

Ele respondeu imediatamente, como se estivesse esperando o meu contato:

Achei que foi boa. Me senti um pouco melhor. Ando muito desanimado. Vou ver isso para você. Está tudo bem por aí?

No computador, li um e-mail de uma mulher chamada Soraya. Dizia ser cartomante e vidente, sabia interpretar sonhos e tinha informações relevantes sobre o meu futuro próximo. Sabia que eu estava precisando de ajuda, por isso disponibilizava seus serviços, que poderiam ser realizados de forma virtual. As energias, ao contrário dos elementos carnais, não encontravam obstáculos físicos ou geográficos. Assim, após a conexão estabelecida, a distância se tornaria um pequeno detalhe fácil de ser transposto. Terminou oferecendo trinta por cento de desconto em meu primeiro atendimento.

 Os algoritmos me denunciaram, pensei. Eu tinha feito buscas por "Tarô online" na internet e meus dados foram parar nas mãos de uma charlatona. Depois de refletir um pouco, porém, cheguei à conclusão de que estava sozinha e ninguém me via — meu ex-marido, minha mãe, meus amigos —, além disso, uma vidente, na verdade, seria uma espécie de arqueóloga do futuro, porque escavava o futuro, e a foto que acompanhava o e-mail mostrava que Soraya tinha um rosto simpático e comum — ela não vestia turbante ou abusava da maquiagem —, então decidi que contrataria um único atendimento por videochamada mas não contaria a ninguém.

 Pela tarde, mandei uma mensagem para a Celeste por WhatsApp e me apresentei. Ela concordou em me atender.

 A vidente se endireitou na frente da câmera, desabotoou um dos botões da blusa florida, ajeitou a armação grande e negra dos óculos de grau e deu a metade de um sorriso, sem mostrar os dentes.

 Em primeiro lugar, queria saber se eu a procurava por algum motivo específico ou se teríamos apenas uma consulta de rotina. Na verdade, foi você quem me procurou, eu disse, fingindo alguma indignação, como se quisesse acreditar que ela de fato me traria respostas. Seu e-mail falava de informações importantes sobre meu futuro, continuei, é sobre isso que quero saber.

Ela sorriu de novo sem descolar os lábios e disse: claro. Depois começou a embaralhar as cartas olhando para baixo, de um jeito que me pareceu desinteressado.

Como não estávamos no mesmo ambiente, Soraya explicou que ela própria cortaria as cartas em três blocos com a mão esquerda, e que eu deveria me concentrar e enviar minhas energias para suas mãos. O verso do baralho tinha uma estampa cor-de-rosa, que me lembrou o papel de parede do quarto da Eva, e isso me pareceu um bom presságio.

A carta que saiu do primeiro monte foi O Caixão, o que me pareceu interessante, dadas as circunstâncias. Soraya começou a interpretar a carta de modo enfadonho, falava sobre o ciclo contínuo de vida e morte, de transformação e de algo que perdeu as energias, a ponto de já não ser capaz de seguir com o processo de renovação. Suas frases me pareciam decoradas, vazias. Notei que tinha olheiras profundas e uma expressão melancólica debaixo da armação dos óculos. Essa mulher está pior que eu, pensei. Talvez esteja se recuperando da covid ou precisando de dinheiro para pagar o tratamento do pai.

Antes que ela virasse a segunda carta, eu a interrompi. Mudei de ideia, disse. Queria saber se você tem habilidades mediúnicas. Estou à procura de uma mulher, uma mulher que já morreu e da qual só sobraram os ossos. Preciso descobrir se ela está onde eu acho que está.

Soraya levantou o rosto muito rápido, parecia não saber bem para onde olhar, se para a câmera ou para o além, e é provável que tenha pensado que eu era louca, mas pela primeira vez vi nitidez em seus olhos, além de uma ameaça de entusiasmo. A morte dela foi violenta?, me perguntou. Sim, respondi, e seu olhar ficou ainda mais vivo, talvez um pouco assombrado. Ela voltou a embaralhar as cartas e fechou os olhos. Permaneceu assim por muitos segundos. Depois tirou uma nova carta, que não me mostrou.

Essa mulher que você procura tem algo para te dizer. É por isso que sua energia está baixa. O lugar onde ela está não importa. O que importa é você poder escutar.

Ela ficou um pouco em silêncio. Em seguida, bem no momento em que estava para dizer mais alguma coisa, a conexão caiu. Seu rosto congelou com a boca aberta e me lembrou o da Cassandra mitológica.

De volta ao trabalho, o pequeno tremor, a taquicardia e aquelas citações que pareciam slogans, *A felicidade é uma recompensa para quem não a procura; Para viajar basta existir; A maneira mais rápida de acabar com uma guerra é perdê-la.*

Comecei a me perguntar se não estava inventando aqueles encontros virtuais só para ter com quem falar, interagir com alguém que estivesse vivo e não fosse uma frase de efeito.

Minha nuca quente e suada, e a raiva de tudo mais uma vez. Pensei que ninguém notaria se eu inventasse citações e as atribuísse a uma boca qualquer.

Escrevi:

É preciso inventar um caminho quando não há caminho algum.
Franklin Roosevelt

O único caminho é a memória subterrânea.
Antígona

No futuro, o futuro não vai existir.
Boneca Cassandra

As pedras são as únicas que dizem a verdade.
Buraco da garagem

A verdade é o que foi dito pelos ossos de uma mandíbula desdentada.
Vala de Perus

Tudo que desaparece volta para contar uma história sem nome.
Arqueólogo do futuro

A conexão tinha acabado de se estabelecer quando o rosto da Celeste surgiu na tela ainda um pouco embaçado. Tive um ímpeto discreto de choro. Antes que pudesse me sentir errada por me emocionar com o rosto de uma mulher quase desconhecida, precisei me concentrar: ela sorria, se dizia feliz em me ver, perguntava como estava a minha mãe.

Resumi a minha vida em poucas frases, contei os acontecimentos recentes. Juntas, lamentamos os tempos ruins. Quando o silêncio se impôs, eu sabia que ela esperava uma explicação melhor sobre o motivo do contato. Tentei explicar, mas me dei conta de que eu tampouco estava muito segura da resposta. Comecei a falar muito rápido, disse que a tinha visto na live do aniversário da Vala, que nos últimos meses vinha acompanhando os trabalhos com as ossadas, contei dos cadernos, do meu interesse pela Eva, das coisas que eu escrevia sobre ela — e enquanto dizia tudo isso, me perguntava: mas afinal, por quê?

Sei que parece estranho, eu disse, mas queria que você me contasse o que lembra sobre ela.

Ela sorriu em silêncio e seus olhos grandes de cigana ficaram menores.

O que eu me lembro não é muito. Mas vamos tentar. A primeira coisa era aquele rosto cabalístico, profundo. Eu achava bonito. Demorei para perceber que um dos olhos era falso. Isso quando nos vimos pela primeira vez, no primeiro dia de aula da Filosofia. Ela não falava muito, mas quando falava dava para perceber que era inteligente. Acima da média. Uma vez fomos a uma festa de uns amigos meus da Sociologia. Foi lá que eu conheci o Manuel, meu companheiro. Ele desapareceu pouco antes da Eva. Naquele dia, a Eva bebeu algumas cervejas e ficou mais desinibida. Lembro dela dançando com os braços abertos. Era um tanto esquisito, mas também gracioso. Você precisava ver a cara dos rapazes quando ela começou a falar sobre a Rosa Luxemburgo. Estávamos no primeiro ano, ninguém sabia tudo aquilo. Um deles ficou interessado, mas não deu para entender se ela também queria. Era reservada. Logo o Manuel nos convidou para participar das reuniões da ALN. Ela quis ir, era mais corajosa que eu. Eu me arrependo um pouco, não dos valores, do inconformismo, mas de ter subestimado o perigo. Aquela coisa, vinte e poucos anos, idealismo, inconsequência. Fiquei sem nenhum dos dois. A Eva sempre andava com algum caderno mesmo, gostava de escrever, escolheu o nome Maria Alice quando entrou na clandestinidade, tinha dado esse nome a uma personagem. Depois o que sei é só tristeza. Não sei se você quer ouvir. A Cláudia ficou presa no DOI-Codi na mesma época e acho que foi a última a ver a Eva viva, isso quando aguardava sua vez, você sabe, de entrar na sala de tortura. Disse que a viu bem machucada. Que até chegou a escutar bem baixinho as suas últimas palavras, algo que ela não conseguiu entender.

[ ]

Não sei se era isso que você queria saber. Sabe que agora eu estou te achando parecida com ela?

Comecei a circular pelos cômodos com uns pensamentos espirais. Nunca mais vamos sair de casa e jamais vamos saber a história da mulher que foge, por que ela estava fugindo e para onde foi. E o cheiro do quarto do Nani ainda exalando da minha pele. E a história da Eva fabricada por mim é uma história capenga. E eu não sou digna de contar essa história, eu que tenho esse cheiro.

Não queria mais ficar parada. O pequeno tremor me perseguia pela inércia, eu sabia, para me agitar como um tufão. Não queria mais aceitar a história, o país e a família. Queria mesmo era que me viesse logo um ataque de pânico. Destruir a casa com golpes de martelo, pôr fogo nas cortinas, deixá-las flamejando. Acordar os vizinhos. Correr com as pernas bambas e tropeçar, ralar minha pele, deixá-la em carne viva. Explodir a realidade e explodir a estrela velha, transformá-la em poeira cósmica e em buraco negro, me deixar levar pelo buraco negro. Estraçalhar, ter outro cheiro, ter outra voz, cavar até o fundo mais fundo e chegar ao futuro, por pior que ele fosse.

Desci as escadas, fui até a sala, vi a foto da Eva com o cabelo no rosto e enfim cheguei ao buraco da garagem. Já estava escuro. Comecei a ouvir um ruído abafado que se alternava com o silêncio, cessava e voltava a se manifestar ansioso. Vinha do buraco. Forcei um pouco a vista e vi que algo se movia dentro dele.

Depois de pegar a lanterna, confirmei: alguma coisa estava ali no fundo, mas não se sabia o quê. A coisa se mexia, parecia estar presa, parecia atormentada. Tinha uma cor cinzenta. Vi um pouco de sangue. Então o medo, minhas mãos tremendo ainda mais. O melhor seria fugir, entrar na casa e ignorá-la — deve ser um bicho, rato ou morcego —, mas o barulho me afligia. Muitos minutos paralisada. Respirei fundo, fui até a cozinha e voltei com uma vassoura e uma colher de pau. Cutuquei a coisa e consegui trazê-la para um lugar mais próximo. Tinha asas e penas. Um pássaro. Não, uma pomba. Deitei de barriga para baixo no chão e lancei o tronco no buraco, consegui entrar até a cintura. Cheiro de asfalto úmido e de poeira. Depois um cheiro podre, mas ao menos diferente do meu. Com ajuda da colher consegui alcançá-la e agarrei seu corpo com a mão.

A pomba estrebuchava no chão da garagem e eu olhando para ela. Não sei o que me deu. Uma das pedras do buraco bem ao meu lado. A pedra então nas minhas mãos, meus braços esticados, a pedra alçada sobre a minha cabeça e depois espatifando a pomba. Enfim o silêncio e aquele bicho em repouso. O sangue manchando a minha blusa. Muitas lágrimas enfim escorrendo dos olhos.

E isso é tudo que se pode dizer sobre esse período.

28. Epílogo

Eva está deitada, a cabeça tombada no chão. Sabe que anoitece na rua, dá para escutar as janelas do bairro se fechando. Para ela não faz diferença; onde está, é sempre noite. Já não sabe há quanto tempo está ali. Lembra do capuz preto que puseram na sua cabeça quando saía do trabalho. Um rapaz de barba, que aparentava ser estudante como ela, que parecia se aproximar para pedir informação. Foi ele mesmo quem pôs o capuz. Lembra de outra coisa, sua mãe de vestido branco, bonita. Por que ela não se lembra mais da mãe? Só das rugas na testa do pai. E do cheiro de dentro do capuz preto: suor e sabão. Eva dentro da memória, dentro do capuz preto. Ela sabe o que fazem com as pessoas ali onde está, mas é melhor não pensar. Soletra mentalmente algumas palavras: "p-a-r-a-l-e-l-e-p-í-p-e-d-o", "i-d-i-o-s-s-i-n-c-r-a-s-i-a". O capuz preto não tem culpa, não sabe de nada, nem quanto tempo ainda resta.

Agora já está sem o capuz e pode ver um pouco, mas não muito. Com o olho esquerdo, vê que o olho direito de resina se desencaixou da órbita e agora está caído diante do seu rosto. O olho a olha querendo dizer alguma coisa. Uma voz masculina cantarola uma música na cela ao lado, parece um samba.

Eva quer recordar mais. Do que tinha visto na rua antes de ir parar naquele lugar. Lembra de pouco, porque não se presta muita atenção nas coisas e nos lugares do cotidiano. Lembra de acordar, da manta alaranjada que a cobria, de sentir preguiça mas ter o ânimo renovado depois de uma xícara de café. Os companheiros de casa conversando na sala. De que tanto falavam? Eles ainda estariam lá ou também teriam sido presos? A rua, o muro cinza e branco, a padaria e o cheiro que saía do forno, um fusquinha amarelo, um letreiro onde se lia "Liquidação".

29. O tempo não existe

O passado não existe porque já foi. O futuro também não existe porque ainda não aconteceu, é só fantasia. E no segundo exato que existir, deixará de ser futuro para ser presente. O presente dura muito pouco: um milésimo de segundo depois de acontecer, passa a ser passado e deixa de existir.

Se você pensar bem, a memória também não é passado, e sim presente, o que lembramos no instante do agora. Mas um segundo depois, o agora já não existe e a memória então passa a ser memória da memória. Na verdade, a memória é um tempo paralelo, que também não existe, o que sobrou do esquecimento, só um rastro do que já se perdeu.

Isso que eu estou escrevendo escorregou das minhas mãos como sabão quando as palavras apareceram na folha. O presente é uma desaparição. O que sobra é espuma e arqueologia.

Coisas muito esquisitas ocorrem dentro de um buraco negro. Uma delas é o tempo. Segundo Einstein, o tempo passa mais devagar quando você está perto de algo massivo demais. Se você pegar duas irmãs gêmeas idênticas e colocar uma delas para viver num buraco negro — isso se fosse possível sobreviver a ele, se a força da gravidade não esticasse a garota até transformá-la num espaguete —, enfim, se uma das irmãs pudesse passar alguns anos de férias num desses abismos cósmicos, ela envelheceria bem mais devagar que a irmã que permanecesse na Terra. E se um dia voltasse ainda jovem ao nosso planeta, poderia encontrar sua irmã muito velha, com cabelos brancos e pele rugosa, e então saber como seria sua própria imagem no futuro.

Mas ninguém sabe com cem por cento de certeza o que acontece no buraco negro. E ninguém sabe com convicção o que acontecerá no futuro. No futuro, tudo pode desaparecer, todas as coisas, todas as pessoas apodrecendo, se decompondo, se misturando à terra e à matéria orgânica. Não sei o que restará para os arqueólogos.
Talvez eu agora fale do futuro, seja lá o que isso for.

A casa da Mooca foi enfim vendida.
Acordo de manhã bem cedo para ver a demolição. Antes que a retroescavadeira comece a funcionar, peço para entrar na casa e me despedir. Vejo cada um dos cômodos, tudo vazio e parecendo ainda maior. Eu muito pequena ali, menor do que quando tinha seis anos e corria pelos corredores. O quarto rosa, o quarto azul, o quarto verde, o quarto bege, a sala onde ficavam os porta-retratos, o porão sem nenhum objeto, tudo em breve, num futuro muito próximo — daqui a quinze minutos, talvez —, será apenas pedra.
Saio para ver o buraco na garagem, já somos íntimos. Olho

para o fundo negro. Penso na idade do buraco, no tempo passando muito devagar lá dentro.

Sei que a memória é um aparelhinho agitado e confuso. Penso no redemoinho de pessoas perdidas, depois nessas mulheres que agora vivem entre os meus miolos, Eva, Cassandra, Celeste, Soraya, Antígona, Maria Alice. No Nani dizendo que só nos lembramos que temos ossos quando quebramos alguma parte do corpo. No cartaz colado na porta do gabinete de um deputado: quem procura osso é cachorro. Nos nomes criativos das técnicas de tortura, "pau de arara", "telefone", "geladeira", "cadeira do dragão", "pimentinha", "corcovado", "banho chinês", "churrasquinho", "sabão em pó". Numa amiga inglesa me dizendo: eu adoro esse jeito que vocês têm de dançar mexendo a bunda. Na minha mãe recitando: um país do futuro é sempre um país de merda.

Agora estou em frente à casa e a retroescavadeira começa o seu trabalho de destruir. Imagino o Nani assistindo à cena. O barulho forte da máquina, tudo se desfazendo, o vazio surgindo e no fundo um buraco onde é possível avistar um horizonte de cidade. E depois algo novo surgindo, talvez um prédio espelhado. A memória agora é pó e ruína. O buraco misturado ao resto da casa ausente.

Sinto o peso do tempo na cabeça. A manhã caindo como uma bigorna no meio da minha testa.

O prédio que abriga o Caaf também será demolido. O Centro recebeu um aviso para deixar o imóvel alugado, que tinha sido vendido pelo proprietário. Os trabalhos com as ossadas estavam em fase final, mas tiveram que ser paralisados mais uma vez por causa da ordem de despejo. Uma nova audiência de conciliação foi marcada, e o juiz determinou que o despejo deveria ser adiado, até que outro imóvel da Unifesp fosse reformado para abrigar as ossadas.

Antes da mudança, o arqueólogo Francisco já tinha embarcado para a França. Não vínhamos nos falando com frequência. Um dia os deuses do acaso param de trabalhar, cansados da nossa falta de iniciativa, cansados do nosso cansaço. Ele chegou a me escrever: você estava na avenida Ipiranga ontem? Em algum momento achei ter te visto de costas. Vi o seu cabelo. Mas depois você sumiu e eu não te vi mais. Sim, era eu, respondi. Por que você não me chamou?

Marcamos um café. Ele me contou que, antes da mudança de imóvel, fizeram uma força-tarefa gigantesca, para que algo finalmente saísse, ninguém aguentava mais. Destacaram e remanejaram funcionários da universidade como puderam, convidaram alunos da graduação para ajudar, trabalharam em dobro e com equipamentos quebrados. As últimas cento e cinquenta amostras que faltavam foram enviadas para o laboratório em Haia. Ainda aguardavam o resultado.

Alguns esqueletos tinham características bem compatíveis com as dos procurados, por exemplo, sexo, idade, estatura e um braço quebrado, ele disse. Mas muitas ossadas estavam extremamente degradadas e corroídas e não tinha sido possível nem sequer aplicar os métodos de sexo e de idade, fechar um perfil.

Ele me olhou com algumas rugas novas na testa. Achei que ficava mais bonito assim. Tentou me dizer com cuidado: a expectativa de que se identifique muita gente é baixa, infelizmente. Isso por vários motivos, muitos anos se passaram, demoraram demais para fazer as análises corretas dos remanescentes. Os ossos estão bastante deteriorados, a qualidade de seu material genético já não está sendo suficiente. Em alguns casos, sabemos que o próprio fragmento de osso enviado para análise não dará muitas respostas, por já estar estéril de DNA. Fora que algumas famílias já não têm o material genético necessário para comparação, os parentes mais próximos foram morrendo, só sobraram primos distantes.

Não teremos respostas em muitos casos, nunca vamos saber com certeza se algumas pessoas estão ou não estão lá. Mas queremos que um memorial seja construído. Um memorial que abrigue os ossos. Acho que eles vão ficar em paz ali, vão fazer parte da memória do país, poderão ser lembrados. Não deixa de ser uma espécie de enterro.

Ele me contou que em breve embarcaria para Lyon. Tinha sido aprovado num programa de pós-doutorado. Nos despedimos com um abraço.

Novos buracos surgiram. Dessa vez nas instalações do DOI-Codi, na rua Tutoia, no bairro do Paraíso. Um grupo de arqueólogos de três universidades fez escavações no prédio onde ocorriam os interrogatórios e torturas, hoje os fundos de uma delegacia de polícia.

Foram encontrados alguns objetos: uma sola de sapato, um botão, um tinteiro, um frasco de perfume, um papel de bala, uma prótese ocular, um pente.

Os arqueólogos também rasparam as paredes. Com o uso da luz forense, acharam uma inscrição com um calendário, possivelmente referente aos meses de outubro e novembro. Depois encontraram vestígios de sangue.

Vou a outro lugar depois da demolição da casa da Mooca. Decido ir sozinha. Não tenho mais onze anos como quando fracassei em fazer o mesmo percurso. Já não me perderia. Se me perdesse, abriria o mapa no celular ou chamaria um Uber.

No trem, nenhuma das pessoas entediadas usando fones de ouvido imagina que meu destino é um cemitério no extremo norte da cidade. Muito menos que minha intenção não é deixar flores sobre o túmulo de um familiar ou amigo, porque nunca houve túmulo algum.

O trem permanece por muito tempo na plataforma, as portas abertas. Falta lugar para sentar, fico de pé segurando uma barra perto da entrada. Penso em aproveitar as portas abertas e desistir, mas bem nesse momento as portas se fecham e decidem por mim. O início do movimento, as construções em ruínas, janelas quebradas, muros pichados. A falta de velocidade do trem me desanima outra vez. Nesse ritmo demoraremos umas duas horas para chegar a Perus. Penso de novo em desistir, descer na estação seguinte, pegar o sentido oposto. Pedaços de trilho, pedras, lixo, homens de capacete trabalhando. E então finalmente a velocidade, muros cinza que viram apenas a cor cinza, pichações que viram uma única linha preta, vagões de carga abandonados e enferrujados que viram apenas a cor vermelho-alaranjada. Os prédios baixos da Zona Norte, muito ocre, muitos postes de luz, pequenas favelas com as casas de alvenaria próximas demais das janelas do trem, um braço suado encostando no meu ombro, o imediato pedido de desculpas.

Um riacho, as montanhas, o Pico do Jaraguá, um reflexo de mulher triste no vidro. Sinto um gelado no peito porque a mulher parece a Eva. Viro o rosto e a vejo mastigando chiclete, completamente outra pessoa. Uma diminuição de ritmo, uma pequena estação com tijolos aparentes, um relógio grande, uma voz dizendo que é preciso ter cuidado com o vão entre o trem e a plataforma, uma placa vermelha em que se lê "Perus".

O vão entre o trem e a plataforma é mesmo enorme, outro buraco absurdo. É preciso saltá-lo e depois passar por grades giratórias. O Google diz que estou a dois quilômetros e cem metros do Cemitério Dom Bosco, o que significa trinta minutos de caminhada. Saio da estação e ando entre barraquinhas de roupas e frutas, sol e poluição. Alguns passos, lojas de material de construção e oficinas de moto. Subo uma rua íngreme e me dou conta de que todo o trajeto será assim.

    O sol esturricando o couro cabeludo, a calça grudando na perna, os músculos posteriores da coxa esticados. A subida não dá trégua. Chego a uma zona residencial, que me lembra uma cidadezinha do interior. Paro na esquina e bebo uns goles d'água, respiro. No fim da rua, uma escadaria. Acho que não vou parar de subir nunca, o cemitério deve ficar colado nas nuvens. No meio da escadaria, um pequeno platô com alguns bancos. Um velho sentado num deles. Bebo mais água. Vejo o mar de casinhas abaixo e, do outro lado, as antenas do Pico do Jaraguá. O velho me encara. Pergunto ofegante se ele sabe onde fica o cemitério. Ele sorri sem os dentes da frente e aponta para o alto. Vai visitar parente? Sim, minha tia, respondo. Meus pêsames, ele diz.

    Chego a uma rua mais tranquila e arborizada e cheia de sombras. Respiro fundo, o ar me parece mais leve. Um vento vaporoso abana a minha pele molhada.

    Avisto a entrada do cemitério.

    O lugar me parece bonito, ao contrário do que esperava. Não há escuridão e tristeza à primeira vista. Um gramado onde os túmulos discretos estão cobertos de flores. Em alguns deles, praticamente um jardim plantado em cima do morto. O céu limpo e brilhante muito próximo da minha cabeça.

    Caminho um pouco pela rua central, admirando o gramado e o céu. Um grupo de pessoas vestidas de preto passa ao meu lado. Andam muito perto umas das outras, olhos inchados, vermelhos. Lembro que estou num cemitério. Aquele lugar pertence a quem lá está para velar seus mortos e sentir dor.

Não sei se posso sentir dor pela ausência da Eva. Haveria em mim alguma dor, uma dor escondida, bem protegida pelo tórax duro, uma dor que eu não me permitia sentir ou que apenas sentia por tabela, através da dor da minha mãe. Ou da dor do Nani, a dor mais entranhada de todas, porque negada.

Continuo a caminhar. Do outro lado do cemitério, vejo o que talvez estivesse buscando. Uma espécie de parede vermelha onde se lê uma frase que começa com "*Aqui* os ditadores tentaram esconder os desaparecidos políticos, as vítimas da fome, da violência do Estado policial, dos esquadrões da morte".

Fico um tempo olhando de longe o monumento, depois vou até ele. Vejo um cercado de tijolos, que delineia exatamente a forma da vala, hoje um canteiro com terra e mato. A minha dor fantasma talvez ameace se manifestar, porque vejo a vala e o mato e sinto os olhos ardendo, além de uma irritação no nariz.

Ando mais um pouco e vejo uma placa menor e prateada: "Esta é uma homenagem da prefeitura de São Paulo aos mortos e desaparecidos da ditadura militar, cujos corpos, identificados ou não, foram acolhidos por este solo…". Não termino de ler e baixo logo os olhos. Uma série de nomes. Leio todos. O nome dela. O nome da Eva está ali.

Sonho — 19/08/2023 — Estou num cemitério onde todas as lápides são azuis. Caminho com cuidado, porque há buracos no chão e é preciso saltá-los. Depois de um tempo, percebo, porém, que não são buracos verdadeiros, e sim reflexos de buracos. Então vejo uma mulher sentada de costas num banco. Ela se vira e olha para mim. Na minha cabeça, a mulher é uma cartomante, mas começa a falar sobre estrelas de modo tedioso. De repente, noto que a mulher mudou de rosto e agora não tem um dos olhos. É a Eva, penso. A Eva me diz: tem uma coisa verde no seu dente.

Eu me envergonho, fico uns segundos tentando limpá-lo. É a primeira vez que você fala comigo, aviso. Não tinha reparado, ela responde. Depois me olha séria com o olho ausente: essa história não é sobre mim, é sobre você. Eu digo: é também sobre você, as duas coisas. Ela faz uma cara de quem concorda mais ou menos, e me puxa pelo braço. Caminhamos até um lugar longínquo onde há um rio. Qual é a sua música preferida?, pergunto, e a Eva muito séria começa a cantarolar o refrão de uma canção que nunca escutei. Ela me dá um abraço, diz que já vai indo e põe os pés na água do rio. Um segundo depois já afundou. E então a Eva de bruços com um vestido branco levada pela correnteza. Pedras escorregadias, anfíbios, larvas e cardumes de peixinhos desmemoriados, um fluido verde e morno. A correnteza a carrega como a um tronco, mas ela não se importa. A Eva desaguando no oceano, se desviando dos corais e crustáceos de casca dura, descendo, descendo, se misturando aos restos de conchas, algas e animais, ficando cada vez mais granulosa, até se juntar às pedras, descer ainda mais e se tornar assoalho oceânico.

Mesmo o nosso futuro será passado para os arqueólogos do futuro. E nós já extintos, como a última Tartaruga-Gigante de Galápagos, o último Rinoceronte-Negro do Oeste africano.

E ainda assim, digo que existi, que a Eva existiu, que um dia foi feita de carne e osso.

Talvez o arqueólogo do futuro encontre por aí o nosso crânio redondo e desdentado. Imagine a sua alegria ao descobrir debaixo da terra um cemitério antigo. E então o arqueólogo do futuro vai observar uma colônia de corvos cobrindo o céu e vai dizer: mas isso tudo que está acontecendo, isso tudo que vai acontecer, isso tudo aconteceu mesmo?

Agradecimentos

A Amelinha Teles, Edson Teles e Aline Feitoza de Oliveira, pelo não esquecimento e por me ajudarem a contar esta história.

A minha mãe e meu pai, pela resistência.

A Flávia Castro e Julia Ianina, pela leitura e incentivo.

A Emilio Fraia e toda a equipe da Companhia das Letras, pelo rigor e cuidado com estas páginas.

A Noemi Jaffe, que sempre me dá bons conselhos.

A Rita de Podestá, por dividir comigo as angústias da escrita e algumas tardes pandêmicas.

A Paulo Petrucci, por muitas coisas, mas principalmente por me aguentar durante parte desse processo.

ESTA OBRA FOI COMPOSTA PELO ESTÚDIO O.L.M./ FLAVIO PERALTA EM ELECTRA E IMPRESSA EM OFSETE PELA GRÁFICA BARTIRA SOBRE PAPEL PÓLEN NATURAL DA SUZANO S.A. PARA A EDITORA SCHWARCZ EM MARÇO DE 2025.

A marca FSC® é a garantia de que a madeira utilizada na fabricação do papel deste livro provém de florestas que foram gerenciadas de maneira ambientalmente correta, socialmente justa e economicamente viável, além de outras fontes de origem controlada.